AF582551

KAWANABE

川辺町

María Claudia Otsubo

Otsubo, María Claudia
Kawanabe / María Claudia Otsubo. - 1a ed revisada. - Escobar : Uuirto, 2024.
154 p. ; 13 x 20 cm.

ISBN 978-987-82977-5-0

1. Narrativa Argentina. I. Título.
CDD A863

www.uuirto.com

Quedan hechos los depósito que previenen las leyes 11723 y 23412

Impreso en el mes de agosto de 2024 en Docuprint,
Panamericana km 37.5, ramal Escobar,
Parque Industrial Garín, Lote 3, Pcia de Bs. As.

Haru no sono
Kurenai niou
Momo no hana
Shita teru michi ni
Ide tatsu otome (*)

Ōtomo No Yakamochi

(*) Por el jardín primaveral, / donde las flores del duraznero / iluminan el sendero, / camina una muchacha. Traducción de Carlos Manzano.

TOKIO

El dulce sabor del recuerdo y de la memoria
siempre presente de su padre
toma forma y contornos definidos
dentro de sus ojos.
Como el agua,
en donde hunden sus raíces
las plantaciones de arroz,
su alma es un terreno húmedo
en el que se apoyan
las imágenes de esta tierra
que se abre
de modo tan misterioso
bajo sus pies.

1

Tenía que llegar, lo antes posible, sin demorar más el momento en que las manos tuvieran la posibilidad de tocar y los ojos, de ver. No lo había sabido hasta ese preciso instante en que la azafata anunció el descenso y se encendió la señal para ajustarse los cinturones.

Era mayo.

Quizás algunos cerezos habrían sucumbido a la pereza atesorando el perfume de sus copas en flor. No podía saberlo.

Esa tierra era aún una mancha parda y lejana, salpicada de azul mar, azul cielo.

Enderezó su asiento y apoyó la mano en la pequeña ventanilla como si quisiera ya, antes de llegar, acariciar ese paisaje.

Había sido un viaje muy largo, con paradas interminables en países en los que no dejó de sentirse extranjera, deambulando por aeropuertos, entre olores y luces que la confundieron con sus horas de días y de noches. Había sido un viaje muy largo.

Sus pensamientos se detuvieron con el nuevo ritmo del avión que ya flameaba como una hoja de papel a merced del viento. Pronto escuchó las ruedas apoyarse, al igual que las patas de un pájaro, carreteando veloces sobre el suelo firme. Enseguida sintió también el alivio de la llegada y, al mismo tiempo, la ansiedad que le producía la esperada cercanía.

La emoción le nubló los ojos cuando giró la cabeza hacia el paisaje que se deslizaba en las afueras, cada vez más lento, cada vez más real.

2

—*¿Passport…?* —le dijo un oficial de la aduana sin levantar la vista.

Obediente, extendió la mano para mostrar su documentación. Fue entonces cuando el hombre la miró; como si su mirada hubiera recorrido cientos de años hasta encontrarla, la miró.

Sin otro gesto parecía querer decirle algo mientras sus ojos bajaban y subían desde su mano –en la que sostenía el pasaporte– hasta la cara de la mujer, a la vez que pronunciaba su apellido. Supo que su origen se develaba en esa pequeña libreta que entregaba en el mostrador; el origen se clarificaba en esa primera enunciación anónima.

Y frente a todo eso, solo se atrevió a ensayar una sonrisa.

Una media hora después, abandonaba la terminal atenta a las indicaciones que la llevaban hacia la estación de tren. La aguardaba todavía un trayecto de varias estaciones hasta la ciudad y ansiaba llegar, ahora más que nunca, cuando tenía la certeza de ese lugar bajo sus pies. *Ya estás aquí,* le decían las señales, los ojos, las voces; todo lo que la rodeaba.

Una vez dentro de su vagón, caminó entre los asientos hasta encontrar el suyo. Luego de acomodar su equipaje, se sentó y, entonces, se sintió feliz por haber tomado la decisión correcta. Tal vez por eso, volvió a hundir su mano libre en el bolsillo del saco en donde había guardado el pasaporte; para saborear ese nuevo sentimiento de pertenencia y de búsqueda.

Ahora podía.

3

Alguna vez había leído que, a través de los ritos, de la repetición de los ritos, se establece el vínculo con lo inasible, con aquello que no se puede explicar de otra manera.

Esa tarde, mientras esperaba que el tren se pusiera en marcha, recordó la experiencia de unas noches atrás en un bar de su país, cuando una mujer le había ofrecido leerle la borra de café.

Veo un viaje –le había dicho–, *muy pronto hará un viaje que le cambiará la vida.* Enigmática, oscura como la mancha borrosa en el fondo de su taza, la mujer no había agregado nada más. Luego, se había acercado a otra mesa en la que volvió a repetir esas palabras que surgían ancestrales de su boca, en una tradición milenaria que había aprendido alguna vez; recibida al nacer, como el brillo de sus ojos negros. Así, transmitido de mujer a mujer, develando en los secretos ocultos del café un destino, una posibilidad; o los más profundos deseos.

Recordó lo que había sentido esa noche, la profunda alegría que le provocó escuchar que en el fondo del pocillo, como si fuera en el fondo de su corazón, estuviera escrito de modo tan claro su camino. En la cabina del tren, aguardando, anhelando lo que todavía aún no había visto, volvía a recuperar ese sentimiento: el de una profunda y embriagadora libertad.

Se reclinó en el respaldo. No quería dormirse, pero estaba cansada; y sin darse cuenta, cerró los ojos. De pronto, sintió que alguien se sentaba frente a ella.

—Mi nombre es Hashimoto —le decía un hombre sin ningún preámbulo—. Si me permite, me gustaría contarle una historia. El viaje es largo, aún nos llevará casi una hora llegar al centro de la ciudad...

Sorprendida, no supo qué contestar.

Sin embargo, el hombre no esperaba su aprobación para seguir hablando.

—¿Ha estado antes en nuestra ciudad? ¿Ya conoce la bahía de Tokio?

Apenas atinó a negar con la cabeza.

—Alguien dijo, alguna vez, que la silueta de la bahía divisada desde el cielo se asemeja a un gran dragón atrapado por las formas caprichosas de la tierra. Por eso se cuenta que, cada tanto, cuando un temblor sacude los edificios, son las patas de ese animal las que horadan las orillas en un gesto desesperado por escapar de allí; puede ser, quizás realmente algo habita dentro de las aguas en las que se refleja la ciudad…

Un tren que pasaba en sentido contrario, provocando una ráfaga de luces multicolores, silenció esas últimas palabras.

4

El túnel le había hecho cerrar los ojos. Cuando los abrió, el hombre aguardaba en silencio desde su asiento. En la pausa se había quitado el sombrero. Observó que su pelo era negro y brillante, cortado con prolijidad a la altura de la nuca.

—Lo descubrirá cuando llegue —prosiguió enseguida—, verá como nuestra ciudad nutre sus raíces en las playas volcánicas de la bahía... Pero la historia que quiero contarle ocurrió en otro lugar muy alejado de Tokio, muy lejos de esta bahía, en otra parte del país, en la isla de Kyushu —el hombre hizo una pausa y luego agregó —, en Kawanabe.

—Kawanabe... —dijo a su vez ella, casi murmuró, muy lentamente.

—Sí, un pequeño pueblo próximo a Kagoshima —continuó el hombre sin reparar en la repetición, un pueblo muy pequeño. Para la época de la Segunda Guerra, vivía allí una muchacha; se llamaba Mika.

Sin interrumpirlo, siguió escuchando.

—En esa época, la muchacha, como la mayoría de las mujeres del pueblo, había empezado a trabajar en una de las fábricas militares. Sin embargo, Mika no sabía de qué se trataba todo eso de la guerra. Cuando por el camino, se detenía para mirar las flores en los jardines o, en los días claros, contemplaba la cima del Sakurajima, le costaba comprender aquello que ocurría más allá del horizonte de su pueblo. Entonces solo pensaba en la existencia de otras islas y otras ciudades, tal vez parecidas a la suya, donde vivirían algunas muchachas que, como ella, solo ansiaban ser felices.

La oscuridad de un nuevo y extenso túnel envolvió estas últimas palabras del Sr. Hashimoto. Al regresar la luz dentro del vagón, el hombre y la mujer se miraron como si necesitaran reconocerse nuevamente.

El Sr. Hashimoto continuó:

—La tarea de la muchacha dentro de la fábrica era sencilla: calzar las ópticas de cristal dentro de los armazones de cobre que se utilizarían en los aviones de combate; una tras otra, así infinitas veces, de modo automático. A su lado, otras manos repetían los mismos movimientos, mientras las voces, en un murmullo casi continuo, contaban de las últimas novedades sobre la guerra. Así fue como alguien dijo algo sobre la partida inminente de los hombres del pueblo; la noticia, como el disparo de una flecha, llegó hasta el corazón de la muchacha y detuvo su respiración. Un *ohh* fue lo único que pudieron escuchar sus compañeras cuando por fin Mika recobró el aliento.

El Sr. Hashimoto volvió a hacer una pausa en su relato para sacar un pañuelo del bolsillo de su saco y, con un ligero temblor, se lo pasó varias veces por la frente.

Ese gesto la conmovió infinitamente. Por eso, emocionada, girando la cabeza, desvió la mirada hacia la ventanilla. En el reflejo del vidrio, descubrió que sus ojos, como el agua de un arroyo al llegar a un río, se diluían en el paisaje.

5

Su rostro reflejado en la ventanilla y el paisaje convertido en una extensa línea que cada tanto se quebraba o se hundía en la tierra en un movimiento vertiginoso como los latidos de un potente corazón.

Se dio cuenta de que le hubiera gustado que el tren detuviera un poco la marcha; que calmara su andar agitado para poder distinguir la singularidad del suelo o el relieve de las casas; quizás a los niños saludando con sus manos en alto.

Pero solo se percibía un afuera de luces y sombras, tan ajeno como irreal.

Entrecerró los párpados, como había hecho unos minutos antes de que aquel hombre llegara. Tal vez, al abrirlos, ni él ni su historia seguirían existiendo y, frente a ella, sólo estaría sentado alguien que la miraría con ese lejano respeto, y desconfianza, con que se observa a los extranjeros. Cabía esa posibilidad: que todo fuera un increíble sueño.

Sin embargo, él ya le preguntaba:

—¿Quiere que continúe?

Entonces supo que no era su imaginación y, confundida por lo que estaba sucediendo, solo atinó a contestarle con un gesto afirmativo de su cabeza.

El Sr. Hashimoto prosiguió su relato:

—Mika no podía entender que aquello que escuchaba, lo que decían algunas mujeres, fuera cierto y con impaciencia soportó el resto de las horas y el paso aletargado de los cristales sobre la cinta; con fastidio, escuchó el sonido de sus manos que acomodaban las ópticas de bronce y, con repugnancia, sintió en la boca el sabor ácido del metal, que desde el pecho le trepaba por los brazos y por los hombros, tomándole el cuello, casi hasta asfixiarla. Cada tanto miraba por una de las pequeñas ventanas sin siquiera sorprenderse con la llegada prematura de la nieve que, en pocas horas, esa mañana, ya había cubierto por completo las copas de los árboles.

»Cuando el silbato de la fábrica por fin marcó la hora de salida, Mika se levantó de su puesto y con ansiedad atravesó el portón principal de la fábrica. Sin dudarlo, sabía que debía llegar lo antes posible hasta la casa de su novio.

»Era el mismo recorrido de siempre, aunque todo parecía infinitamente distinto. Caminaba sin sentir el frío bajo la suela delgada de los zapatos ni el viento que le atravesaba el abrigo ligero. Caminaba sin diferenciarse del resto de muchachas que iban y venían a esa hora por las calles sinuosas del pueblo, entre los puestos de venta repletos de olores, entre los pasillos estrechos que separaban las casas de bambú y los tatamis colgantes.No obstante, esa aparente similitud, Mika tenía algo especial.

El hombre hizo una pausa como buscando las palabras con las que pudiera describir a la muchacha.

—Quizás era su cuerpo que parecía vibrar como un junco con el viento, o sus ojos negros, tan hondos como podría serlo el fondo del mar. Los ojos, que esa tarde, ocultos bajo el ala del sombrero, se habían vuelto excepcionalmente oscuros. Cada tanto la muchacha debía sortear el paso de alguna bicicleta o a los pequeños que se perseguían entre sí, empuñando en lo alto sables de madera; pero ella no se daba cuenta de nada mientras avanzaba con el pecho encogido de incertidumbre, hundida en sus propios pensamientos.

»Unos minutos después llegó a la casa del muchacho. En la ventana, divisó la figura de la madre y entonces, sin tener que preguntar, sin tener que acercarse más, lo supo. Desde la ventana, la mujer la miró: su mirada reflejaba el barco y el adiós, los días que desde ese momento comenzarían a parecerse a esas piedras que se hunden con todo su peso en un estanque; así de profundo fue el dolor que sintió Mika al comprobar que él ya se había ido.

6

Después de estas últimas palabras, el Sr. Hashimoto inclinó su cabeza. Le pareció que el relato del trayecto de la muchacha lo hubiera agitado también.

¡Cómo escapar a esa imagen! El Sr. Hashimoto transmitía algo más que una historia. La hacía partícipe de una pérdida, de algo irreparable.

¿Por qué le contaba todo eso? ¿Qué relación tenía con ella?

Miró a su alrededor: ninguno de los otros pasajeros parecía estar interesado en lo que ocurría en los demás asientos; mucho de ellos estaban entretenidos con sus celulares o escuchaban música, algunos tenían la mirada perdida en algún punto de sus pensamientos o simplemente dormían y en todo el vagón solo prevalecía el silencio.

¿No lo escuchaban, entonces?

Y una vez más, se preguntó si realmente era cierto lo que estaba sucediendo.

7

—Perdóneme —el Sr. Hashimoto había levantado su cabeza y la miraba—. Sé que debe ser difícil entender; seguramente se preguntará qué es lo que le estoy contando, por qué a usted…

Apenas se atrevió a pronunciar un sí.

—¿Es mucho pedirle que solo siga escuchando?

No le contestó enseguida. Todo seguía siendo demasiado extraño para pensar tan rápidamente y con claridad.

Entonces recordó lo que le había dicho la mujer que le había leído la borra de café: *Veo un viaje... pronto hará un viaje que le cambiará la vida.* Tal vez, se trataba de esto, de permitir que los cambios ocurrieran.

Observó al hombre que en ese momento giraba el sombrero sobre sus piernas esperando y se limitó a asentir con un gesto de su cabeza. De algún modo sentía que tenía que seguir escuchándolo, que era importante saber acerca de esa muchacha, y entonces contestó que sí.

El Sr. Hashimoto continuó:

—Como puede suponer, Mika regresó desolada de la casa del muchacho. Regresó por ese mismo sendero que tantas veces habían recorrido juntos, preguntándose por qué él no la había buscado para despedirse, por qué no le había dicho de la partida; preguntándose, finalmente, si algún día lo volvería a ver.

»Cuando llegó a su casa, no dijo nada a su madre. Cocinó el arroz y preparó los cuencos con el pescado fresco. Cenó en silencio, y en silencio se acostó, y sólo recién cuando apoyó la cabeza sobre el *omaku* fue cuando sintió en su vientre la puntada que le ovilló las piernas sobre el pecho. Y en esa posición, sin embargo sin lágrimas, se durmió.

»Los meses que siguieron no fueron fáciles para ella. Al principio se aferró a la falta de certeza. ¡Tantos rumores circulaban por el pueblo! Luego llegó la información oficial y, con el tiempo, los primeros cuerpos sin rostro que desembarcaron apilados dentro de los cofres de madera. Pero, aunque Mika lo esperó, día tras día junto al muelle, hasta enfermarse, él nunca más volvió.

El Sr. Hashimoto volvió a hacer silencio y la miró.

—He llegado a mi estación y debo descender —dijo sorpresivamente mientras se ponía de pie—. Espero tener oportunidad de encontrarla más adelante —agregó—.

Pero antes necesito pedirle un favor; un gran favor, en realidad… Sé que su destino final en este país es esa ciudad de la que le hablé, Kawanabe. Necesito que allí entregue una carta.

En ese momento, el tren se detuvo y el Sr. Hashimoto miró su reloj.

—Aunque sé que nos vamos a volver a ver, quiero que ya la tenga en sus manos.

Y mientras pronunciaba estas palabras, sacó un sobre de su bolsillo y se lo colocó entre las manos.

—Pronto, muy pronto, le explicaré el motivo de mi pedido, pero es usted quien debe hacerme este favor. Después se levantó e inclinó su cabeza. Luego sin mirar para atrás, al mismo tiempo que se colocaba el sombrero, bajó del vagón.

8

El tren aceleró y, una vez más, en ese corto pero vertiginoso lapso en el que parecían reflotar todas las emociones, volvió a tener la sensación de haber vivido algo irreal. Sin embargo, ahí estaba; entre sus manos había quedado el sobre y, en el vagón, algo así como un eco de las palabras del Sr. Hashimoto.

Se bajó en la estación terminal confundida mientras buscaba la dirección del hotel. Quizás fueron esos actos, primeros y básicos, en los que debió concentrar toda su atención, los que acallaron por unos instantes la historia que acababa de escuchar.

Eso también le permitió tomar conciencia de que por fin había llegado y, aunque esta era la primera etapa de su viaje, volvió a sentirse feliz por encontrarse en *la tierra del silencio,* el país de gestos amables en el que nadie parecía molestarse por la presencia de los demás. Ni siquiera por su propio caminar, inseguro y demorado por el peso de la valija. Nada parecía alterar el ritmo vertiginoso de cuerpos y brazos que, como sombras incapaces de rozarse, avanzaban por las avenidas o las calles más angostas. Recordó lo que había leído en una guía sobre el Japón, cuando se preparaba para el viaje:

> No exprese nunca cólera, sea cual fuere la provocación. Sonría siempre y mantenga la calma. Gritar y ponerse histérico es una señal segura de que es usted un bárbaro extranjero. Dar las gracias y pedir disculpas efusivamente ayuda a engrasar las ruedas.

Se acordaba casi con precisión de esas palabras, sobre todo de las últimas. Le había llamado la atención encontrarlas en una guía turística. ¿Sería realmente así, sólo un condicionamiento adquirido a fuerza de vivir apretados unos juntos a otros, sólo fruto de la práctica obligada de la buena educación o había algo más? Por el momento, tanta amabilidad le había servido para llegar sin dificultad a la puerta de su hotel, y lo agradeció.

En la recepción completó los datos con rapidez, sonriendo, otra vez, cuando el empleado que la atendía la observó con detenimiento al leer su apellido. Al llegar a su cuarto supo que lo que más deseaba en ese momento era bañarse y cambiar su ropa. Sin embargo, mientras vaciaba su bolso de mano para empezar a desempacar, lo primero que se deslizó fuera de él fue el sobre.

Se sentó en el borde de la cama y lo miró como quien observa una mariposa que de pronto se ha posado en el dedo de la mano. Descubrió que el sobre no estaba cerrado e intrigada por su contenido, lo abrió para descubrir una hoja de papel, antigua y delicada, doblada sobre sí misma en tres partes.

Echándose hacia atrás, con lentitud, y a medida que dejaba caer su cabeza sobre la almohada, la desplegó. Por un rato se quedó así, tendida, con la carta entre las manos, atenta a ella, como si todo hubiera desaparecido en el resto de la habitación. Luego estiró los brazos hacia lo alto de modo tal que la hoja quedó suspendida entre sus ojos y el techo; iluminada por la suavidad de la luz, que apenas otorgaba la lámpara a un costado de la cama, reparó en su tenue transparencia.

Y en la fragilidad del papel, descubrió la hilera de signos realizados con tinta negra. Dibujos desconocidos que la sorprendían con su desnudez; vulnerables, temblorosos, ajenos, de otro tiempo, le contaban, le decían. ¿Cómo comprender su significado?

Fue en ese momento, cuando se dio cuenta de que era incapaz de ello y que no bastaba su apellido en un pasaporte para ser parte de ese país.

9

Dos pequeñas líneas tenues, livianas como pequeñas nubes cruzándose en el cielo, atravesaban el papel casi translúcido. Por unos minutos, lo tuvo así ante sus ojos, sosteniéndolo en lo alto, contemplándolo, envuelta al mismo tiempo en los pensamientos que la llevaban de algún modo a la historia de la muchacha y al Sr. Hashimoto.

Hasta que un sonido en la calle le hizo girar la cabeza hacia la ventana: los edificios se desdibujaban en la palidez de la tarde japonesa con la rapidez con que desaparecen las siluetas en la oscuridad. Entonces recordó unas palabras que quebraron el silencio del cuarto: *...esa calma algo inquietante que genera la sombra cuando encierra en sí esa cualidad de llevarnos a lo más hondo de las cosas*.

Como en el juego claroscuro de ese pedazo de papel, en el juego de sombras también intuía un significado profundo.

En la tarde, en esa hora vespertina, alejada de todo lo conocido hasta entonces, en la calma de aquella habitación anónima, supo que tal vez solo debería dejar que las cosas obraran por sí mismas.

Algo comenzaba a revelarse.

Quizás como este viaje, decidido de un momento a otro, casi por instinto, como si algo misterioso la hubiera guiado desde el principio. Quizás había sido por oír un impulso interior, su propio *ikigai,* como decían los japoneses.

Había escuchado esa voz y el llamado había sido como un grito –una súplica invadiendo desde lo profundo del corazón– que la había obligado a desplegar alas, a buscar.

Y entonces el encuentro, casi irreal, con ese hombre, Hashimoto; y después la carta, sin dudas tangible, que en ese momento detenía todo a su alrededor.

Pronto se haría de noche, la primera en esa ciudad.

Y al reparar en eso, el brazo que sostenía la carta se deslizó hacia su pecho; el roce de la hoja fue en ese instante como la caricia silenciosa de un amante sobre su piel.

10

La despertó la luz de la mañana japonesa y enseguida la perplejidad, luego la urgencia de habituar los ojos al espacio desconocido. Sobre la mesa de luz, volvió a encontrar la carta. La guardó con cuidado entre sus documentos antes de salir del cuarto y luego de cambiarse, bajó a desayunar. Tomó algo ligero en el hotel y luego se lanzó –ese era justo el término- a recorrer la ciudad.

Aun con su entorno de edificios espejados, y toda su tecnología visible y expuesta casi con orgullo, que la hacían sentir por momentos más en Nueva York que en Tokio, la mañana era indudablemente japonesa.

Comenzó a caminar con la sensación de estar recorriendo una enorme habitación recién abierta, inmaculada y pulcra. Aquí y allá, las líneas de luz se filtraban a través de los edificios, como si lo hicieran a través de unas cortinas que no han sido del todo descorridas, para caer luego oblicuas sobre las veredas. Una brisa fresca y primaveral llegaba desde los Jardines de Okuma.

Tratando de no perder la orientación, probó deambular por otras calles que rodeaban el hotel. El barrio de Shinjuku, al igual que el resto de Tokio, se mecía a su propio y vertiginoso ritmo.

Cuando llegó a la estación de tren, se detuvo en el acceso tratando de no entorpecer a ningún caminante, para mirar por unos segundos el mapa. El apretado entramado de distintos colores que marcaban los recorridos para llegar al Templo de Asakusa la confundía.

Necesitaba ayuda y levantó los ojos intentando pedirla cuando, de pronto, como correspondiendo a ese pedido silencioso, se le acercó despacio un hombre. Era japonés, pero mucho más alto que el resto.

—¿Puedo ayudarla? —le preguntó en inglés—. ¿Necesita ayuda? —repitió.

—Perdón... Sí…, sí, por favor, necesito ayuda.

Creyó que el hombre le sonreía.

—Quiero ir al Templo de Asakusa —dijo entonces sin esperar a que él volviera a preguntar—. Pensé que iba a poder sola, pero ya ve, no puedo encontrar el camino correcto.

11

—¿Me permite? —la interrumpió tomando el mapa—. Esta es la línea que le conviene; tiene que hacer algunas combinaciones, se las mostraré, no es difícil.

Y para mostrarle, se colocó a su lado.

—Es sólo cuestión de acostumbrarse. Si me permite —propuso— la acompaño hasta la estación de Ginza, ese es mi destino, y desde allí puedo indicarle el resto; eso si a Ud. no le molesta… no es mi intención…

—No, no me molesta, al contrario, se lo agradezco — le contestó enseguida.

El hombre la ayudó a sacar el billete, develándole el secreto de las máquinas expendedoras y la guió por las escaleras hacia los andenes. Caminaron juntos y juntos esperaron el tren e ingresaron al vagón donde él le indicó un asiento libre. Luego se paró a su lado, como si temiese que, al dejarla sola, se perdiera. Por momentos sentía su cuerpo muy próximo a su brazo. Le miró los zapatos como si ellos pudieran decirle algo más sobre ese hombre. Las estaciones pasaban una tras otra a mucha velocidad. En cada una, levantaba la vista, pero él le respondía solo con un gesto de su cabeza, sin continuar la conversación. No obstante, se sentía a gusto con su presencia.

Entonces recordó un episodio de su infancia. Una experiencia que había tenido cuando aún era una niña: un viaje en auto, en familia, y el descubrimiento de la mirada de su padre en el espejo retrovisor del auto, sonriéndole. Y recordó la sensación de entregarse, de abandonarse, de confiar plenamente, como si los brazos de su padre no sólo condujeran el auto sino también su propia vida.

Cuando el tren llegó a la estación de Ginza, ambos descendieron y, una vez en el andén, el hombre se tomó unos minutos más para mostrarle el camino que desde allí la llevaría hasta Asakusa. No se preocupe, no se va a perder, le dijo con el tono de voz con que se intenta tranquilizar a un niño pequeño. Luego, levantando una mano a modo de saludo, giró hacia las escaleras opuestas y siguió su camino. Todo fue tan rápido que ella no tuvo tiempo de agregar nada más. Por unos segundos, trató de distinguir su cabeza entre el resto, pero pronto lo perdió de vista.

Continuó su camino siguiendo las indicaciones y a los pocos minutos, después de atravesar un gran mercado, se encontró en el Templo de Asakusa-Kannon y frente a la pagoda de cinco pisos, increíblemente bella en esa mañana plena de sol. Reconoció los pozos de ceniza delante del templo. Recordó que había leído sobre esa ceremonia para atraer la protección de los dioses; por lo que también, repitiendo el gesto de los demás a su lado, quemó uno de los palillos para impregnarse de su humo. ¿Qué es lo que deseaba pedir, qué clase de favores quería en ese momento? ¿Qué le pediría a la *Diosa Kannon,* la divinidad de la compasión?

Escondida dentro del templo, la imagen está oculta a los visitantes, pero las paredes que la encierran han sido construidas para venerarla. En silencio, entonces, sumó su fuego a los ruegos de los que, como los suyos, esperaban ser escuchados a través de los muros milenarios.

12

Cuando abandonó la zona del Templo, había pasado el mediodía. El día seguía siendo perfecto y una vez que se alejó de las tiendas y restaurantes que rodean a Asakusa y a la calle Nakamise, desbordada de turistas, encontró en una esquina un pequeño lugar con mesas al aire libre para almorzar.

Enseguida le trajeron un bol con galletas de arroz *sembei* y una crema blanca con gusto a pepino para acompañarlas. Pidió unas piezas de *sushi* y algo fresco para tomar mientras se relajaba en la placidez de esa espera al sol. Y en esa calma, comió tranquila.

Más tarde, tomó otra vez el subte hacia el Parque Ueno. Al llegar, comprendió que no le bastaría una tarde para recorrerlo: los diferentes museos, el zoológico, el Estanque Shinobazu… Decidió que ese día solo pasearía por los exteriores para no perder la posibilidad de gozar de los jardines con tan buen tiempo.

Se dejó llevar por los distintos senderos, descubriendo las esculturas con las que los japoneses rinden homenaje a figuras importantes de su país. Fue leyendo cada nombre en las placas de bronce, hasta encontrar la del escritor Mori Ogai. Su memoria rescató la última oración de un cuento de Ogai que ahora podía repetir con exactitud: ... *Alrededor de la torre del silencio de Malabar Hill, el banquete de cuervos va llegando a su apogeo.*

Las palabras le recordaron también cómo se había identificado con esa torre en el relato. Porque alguna vez había llegado a sentirse como esa misma edificación: aislada, sin voz, envuelta en un silencio tan hondo, como honda era la imposibilidad para alejar de sí la bandada de cuervos.

En ese entonces, al terminar de leer el cuento, había cerrado el libro, incapaz por varios días de volverlo a abrir para continuar con los otros relatos. La imagen, como un sueño recurrente, no la había abandonado por un tiempo. Luego, sin embargo, sin saber cuándo fue qué sucedió, la olvidó.

Las palabras, sin embargo, habían permanecido, como las canciones que se escuchan en la adolescencia y se recuerdan para siempre.

Siguió caminando sin saber que más adelante, la tarde aún le reservaba otra sorpresa.

En uno de los caminos del parque, casi sobre el final de la avenida flanqueada por las linternas de piedra y los árboles de *sakura*, la aguardaba, como si se tratara de un antiguo amigo, el hombre del tren, el Sr. Hashimoto.

13

Desde donde estaba, lo reconoció. El sol, luego de atravesar las ramas de los cerezos, se perdía en su espalda y extendía la sombra de su figura sobre la vereda. Sintió que le latía con fuerza el corazón.

Él la saludó con una leve reverencia, se quitó el sombrero y de inmediato se puso a su lado; y ella aceptó, como la primera vez en el tren, sin hacerle ninguna pregunta. Todo seguía siendo extraño y, al mismo tiempo, sugestivo y atrayente.

Caminaron unos minutos sin hablar por uno de los senderos del parque, cada uno concentrado en sus propios pensamientos.

De pronto, se detuvieron junto a la hilera de farolas de piedra que como un río brillaba con intensidad bajo el sol.

—Ya le he contado acerca de Mika —comenzó el Sr. Hashimoto en un tono muy suave, al tiempo que con la mano la invitaba a continuar—, pero me gustaría ahora contarle sobre el muchacho.

Y así, como aquella vez en el tren, sin otra explicación, comenzó a relatar:

—Tan solo una semana antes de que Mika se enterara del llamado a filas, ese muchacho se había alistado en el ejército. Era su deber y ya se sentía listo para eso, como otros de su pueblo, solo esperaba el llamado para marchar. Se sentía preparado para luchar por su país, pero no para hablar con Mika y la decisión de decírselo, lo angustiaba. Por eso, para pensar el modo en que debía hablar con ella, se había dirigido a una pequeña lomada que existía un poco más allá de su pueblo. A esa lomada, solía ir cuando necesitaba reflexionar. Desde allí contemplaba el pequeño lago cercano al pueblo, que le gustaba imaginar como un gran mar; con los ojos impregnados de azul, observaba entonces los techos de las casas que unos metros más abajo se desparramaban sin orden. Desde que había empezado la guerra, le gustaba ver cómo su pueblo había comenzado a engalanarse con banderas que ondeaban por el viento como sábanas extendidas al sol. Se reconocía en ese tumulto que formaban las casas y gustaba de esa vista –como desde el cielo– que conseguía al trepar a la lomada.

»Allí solía disfrutar de la soledad; podía sentir que el tiempo se detenía y que era entonces cuando surgían con más claridad en su mente los proyectos y las ideas. Sin saber bien por qué, intuía que ese era el único sitio donde siempre se sentiría realmente feliz. Aun cuando estuviera lejos, ese sería para siempre su paisaje; como esa confusión de techos pardos, su infancia.

»Sobre esa cima se sentía como un pájaro, tal vez por la liviandad que sólo se experimenta en las alturas. A veces, así se le iban simplemente las últimas horas de la tarde, entretenido con el vuelo de las aves, con el asombro que le provocaba descubrirlas meciéndose con el viento, casi detenidas en el aleteo, sostenidas solo por la brisa suave y sus alas desplegadas.

14

El Sr. Hashimoto se detuvo para descansar. Sus ojos miraban hacia el cielo, como si siguieran también el vuelo de aquellos pájaros.

—Discúlpeme… —dijo de pronto—. Le pido disculpas si parece que me pierdo en tantos detalles.

El modo en que se expresaba, obligaba a una respuesta. Sin embargo, no sabía qué decir (cómo asimilar lo que estaba ocurriendo), pero finalmente, lo hizo:

—Le voy a ser honesta, Sr. Hashimoto. Esta mañana me desperté pensando que lo que había sucedido ayer había sido un sueño, pero sobre mi mesa de luz estaba la carta. Pensé entonces en usted, pensé en la historia que me contó...

El Sr. Hashimoto la miraba atentamente.

—Sentí una particular emoción cuando lo vi hoy. Pero, es cierto; todo es extraño. Me pregunto cómo me encontró la primera vez, cómo ha vuelto a hacerlo esta tarde. Sigo sin entender por qué me ha elegido para contarme sobre Mika, sobre este muchacho y esta historia.

—Ya se lo explicaré —el Sr. Hashimoto le hablaba con un tono de voz muy suave—. Solo le pido que me siga escuchando. ¿Puedo pedirle un poco más de paciencia?

—Creo que usted ya sabe que sí.

—Es verdad —sonrió, un poco turbado— y se lo agradezco. Agradezco estos ratos que me regala de su viaje, su interés en todo lo que le estoy contando. Déjeme avanzar un poco más en mi relato y pronto entenderá todo. ¿Está de acuerdo? ¿Continuamos el paseo?, y para no sentirme tan mal, déjeme que le cuente algo sobre este parque y oficie de guía turística… ¿Me lo permite?

Asintió con la cabeza y entonces ambos comenzaron a caminar despacio, como si a partir de ese momento hubieran dejado de ser dos extraños.

Quien los viera en ese instante hubiera pensado que se trataba de un padre con su hija. Quizás la diferencia de los rasgos de sus caras hiciera pensar también en dos buenos amigos; o tan solo en un hombre y una mujer acomodándose cada uno a los pasos del otro por los senderos del Parque Ueno.

15

Caminaron por el Parque Ueno. Cada tanto, cuando se cansaban, elegían un banco en el que se sentaban para admirar los canteros. Entonces el Sr. Hashimoto aprovechaba para enseñarle el nombre japonés de las flores o le explicaba el significado de ciertos arreglos en la cultura oriental. En algún momento decidieron también tomar algo fresco y comer galletitas japonesas hechas de harina de arroz y semillas de sésamo.

Ya sentados, el Sr. Hashimoto reinició la historia y contó sobre aquella primera vez en la que ese muchacho, junto a su padre, había descubierto la lomada.

—Fue un día plomizo de verano, el sol ardía sobre la piel. Padre e hijo habían salido temprano para ese paseo; el niño caminaba unos pasos detrás, con sus pantalones cortos que apenas llegaban a cubrir los muslos, cargando sobre el pecho desnudo una bandolera de cuero en la que guardaba su tesoro más preciado: un soldadito de plomo.

El Sr. Hashimoto parecía estar leyéndole una historia.

—El niño marchaba imaginando que era un soldado: las manos pegadas al costado del cuerpo, la cabeza erguida, las rodillas en alto a cada paso. ¡Uno, dos!, ¡uno, dos! Así había caminado esa mañana tras su padre, sin importarle otra cosa, ajeno a las miradas burlonas y curiosas de los otros niños de su pueblo.

»De este modo fueron dejando las últimas calles, adentrándose poco a poco en los senderos que llevaban hacia el bosque. Por varios minutos habían atravesado esos caminos angostos de vegetación tupida por la que casi no se filtraba el sol. El aire fresco y el olor de la madera, la emoción arrebatada por el vuelo de los pájaros y por la proximidad de las nubes.

»Cuando la luz del sol comenzó a filtrarse con más fuerza entre las ramas de los árboles y su calor desplazó el aire húmedo, lograron vislumbrar el final del camino y la superficie despojada que, como un oasis en las alturas, se abría ante sus ojos: la lomada.

»Muchos años después y en otras circunstancias, el hombre –que había sido ese niño– recordaría siempre esa mañana. Y más de una vez hablaría de ese lugar, con la añoranza de quien desea recuperar lo perdido.

16

Las primeras luces que comenzaban a encenderse señalaban el fin de la visita.

—Se ha hecho tarde, pronto anunciarán el cierre del Parque —dijo el Sr. Hashimoto, mientras miraba su reloj—. Tal vez sería conveniente que camináramos hacia la salida. ¿Qué planes tiene para mañana?

—Pensaba visitar el Palacio Imperial.

—¡Ah!, es un hermoso paseo… Cada vez que puedo, dejo que mis pies me lleven a ese lugar solo para saber que continúa ahí, que todavía ciertos espacios permanecen... El castillo fue la primera construcción, luego alrededor de sus muros fueron creciendo los comercios y las casas. Hoy la ciudad es una infinitud de luces y puro vértigo.

Siguieron avanzando. Atravesando el sendero de los museos, llegaron a la Entrada Sur. Allí encontraron la estatua de Saigo Takamori. La estatua de bronce brillaba con el hermoso y último reflejo del atardecer.

—Saigo Takamori fue un samurái durante el shogunato, y nació en Kagoshima ¿lo sabía? Fue uno de nuestros últimos grandes guerreros —le explicó.

Miró la estatua y pensó en la historia de guerra que le había contado esa tarde el Sr. Hashimoto. Imaginó el Japón en la época de los samuráis y en ese pasado más reciente que buscaba recuperar. Un pasado que, en ese momento, como las hojas sobre el sendero, crujía bajo el leve peso de sus pies.

17

... caminaba por una casa que sin terminar de reconocer sabía era la suya. Caminaba intentando encontrar su dormit orio, su baño confusamente convertido en la cocina y el living transformado en un extenso pasillo. Deambulaba en círculos por esos ambientes de pronto desconocidos sin sentido. Sus pies bailaban en sus zapatos –unos que le gustaban de color azul–. Sus pies sentían la suavidad de la madera, la frialdad de las baldosas. Sus pies estaban de pronto descalzos. Tanteaba. Con sus manos estiradas había tanteado con el sobrecogimiento de un ciego la semioscuridad sin poder precisar los límites. Los dedos buscando las paredes que se hundían pavorosamente ante el simple roce de las yemas y las palabras que retumbaban dentro de su cabeza no poder, no poder, no poder... el dolor parecido al desasosiego por el esfuerzo de intentar atrapar la nada...

Esa noche había tenido un sueño.

18

Unos metros antes de llegar al Palacio, lo alcanzó a ver.

El Sr. Hashimoto la aguardaba en la entrada principal y, desde la distancia, se quedó unos segundos, solo para observarlo.

Era un hombre mayor, tal vez tendría más de ochenta años, pero pensó que debió haber sido muy atractivo de joven. Como en los encuentros anteriores, llevaba puesto un traje azul oscuro. Notó que no había otros hombres vestidos como él y que su distinción hasta lo hacía parecer fuera de época. Admiró sus zapatos lustrados, la corbata de seda al tono, el pelo peinado hacia atrás con fijador. Tenía puesto su sombrero y la aguardaba muy derecho, con las manos apretadas en la espalda, casi en posición de firme, bajo la sombra de los arcos de la entrada.

Por un momento, imaginó que era *otro* el hombre que la esperaba y casi tuvo la tentación de correr hacia él para abrazarlo. Pero enseguida supo que eso era solo una ilusión.

Próximos al Palacio, había unos cafés y eligieron uno para sentarse y hablar con tranquilidad. Todavía no había demasiados turistas, el sol se había adueñado de la mañana por completo arrebatando desde temprano el verde de los jardines e iluminando cada una de sus flores.

Pronto, encontraron una mesita en la vereda y luego de pedir algo para tomar, el Sr. Hashimoto preguntó si había tenido alguna dificultad para llegar hasta allí. Le contestó que no y le confió estar sorprendida por haberse ubicado tan bien. Luego los interrumpió el servicio del pedido, una pausa que demoraba el momento de hablar de lo que realmente les importaba. Al alejarse el mozo, ella se animó a decirle, mirándolo por encima de su taza de café:

—Usted sabe mucho sobre mí, Sr. Hashimoto, ¿por qué?

—Bueno, además de saber ahora que es una hermosa mujer…Sí, sé algunas cosas.

Le sorprendió la respuesta. Sin embargo, no había habido ninguna doble intención en sus palabras.

—Por ejemplo, su nombre; aunque usted no me lo ha dicho, es Susan, ¿no es cierto?

Volvió a sorprenderse. Era verdad; no se lo había dicho y escucharlo ahora en boca del Sr. Hashimoto fue como volver a revivir la sensación de unos minutos antes, de estar junto a aquel *otro*. Miró al Sr. Hashimoto: la misma edad, el mismo estilo distinguido. Reparó en su sombrero, apoyado junto a la taza de café; en esa imagen que parecía como de otro tiempo, casi anacrónica.

¿Quién era en realidad el Sr. Hashimoto?

Pensó en esa historia de enamorados, en esos años de guerra, de pérdida y en esa carta, de la que no podía negar su existencia.

—Sr. Hashimoto —preguntó decidida a saber— usted lo conoció a mi padre, ¿no es cierto?

—Sí, Susan, lo conocí.

Tuvo la sensación de que él repetía su nombre, casi deletreandolo, disfrutando esa nueva intimidad entre ambos.

—Lo conocí durante la guerra; aún más, nos hicimos amigos mientras estuvimos en el frente.

El Sr. Hashimoto inclinó un poco la cabeza al decir estas palabras y por unos segundos se quedó callado, tal vez recordando otro espacio de noches oscuras y mucha desolación. Sus dedos acariciaban despacio el ala de su sombrero.

—Fue en la guerra que conocí a su padre —repitió lentamente, y luego agregó—: en la guerra las pérdidas se contabilizan por las pertenencias que dejan los que se van… En la guerra no hay ganancias, pero se puede experimentar el honor y la amistad. Me gustaría contarle sobre cómo nos conocimos, si me lo vuelve a permitir.

19

—Por favor –casi le suplicó con la urgencia de saber más. ¡Cuánto lo deseaba! y ¡desde hace cuánto!

El Sr. Hashimoto inclinó nuevamente su cabeza, como entendiendo.

—Ambos llegamos casi al mismo tiempo al campamento en el frente de batalla. Su padre era tan alto como yo y eso, que nos hacía un poco diferentes del resto, fue tal vez lo que nos unió cuando nos vimos por primera vez. Nos pusieron en el mismo batallón y enseguida nos presentamos. Me dijo que se llamaba Kazuo… ¿Le es familiar el nombre?

—Sí, era el nombre japonés de mi papá, aunque nadie lo llamaba así. Me acuerdo que me reí cuando lo escuché, porque yo no entendía que pudiera tener otro nombre del que le conocíamos —recordó.

El Sr. Hashimoto asintió. Por un instante, pareció sonreír, pero enseguida sus ojos se nublaron al continuar:

—Compartí junto a él muchas experiencias, terribles experiencias; también muchas conversaciones. Su padre era una persona muy especial, Susan. Recuerdo que solía asombrarse como los niños frente a algunas cosas y, a la vez, era muy profundo y reflexivo. Enseguida que entablamos una relación de confianza, me abrió su corazón. Entonces supe de la muchacha que había dejado en su pueblo.

Su corazón latió con fuerza. ¿Era de su padre de quien se contaba esa historia?

—¿...Mika? –preguntó enseguida.

—Sí, la misma muchacha.

—Entonces, ¿era mi papá ese muchacho que dejó todo para irse a la guerra?

—Sí, y él estaba muy afligido por eso. Un día recibió una carta, en la que ella le preguntaba por qué no se había despedido. A partir de ese instante, su papá no lograba apartarla de su cabeza y sentía mucho remordimiento, ya que no había tenido la oportunidad o el coraje de hablarle antes de partir.

—¿Recuerda que le conté cómo el muchacho había buscado, había reflexionado sobre las palabras que le diría al marcharse? Pues bien, nunca pudo encontrar el momento de decirlas. Lo reclutaron y fue demasiado tarde. Por eso, esa carta que alcanzó a recibir en el frente lo hizo sentir mal, muy mal.

—Pero, él le contestó, ¿no es cierto? ¿Llegó a escribirle?

—Sí, pero nunca pudo enviarla… Unos días después lo hirieron de gravedad y lo trasladaron. Apenas pudo despedirse de mí, pero antes de irse, me entregó esa carta para que yo se la entregara a Mika. Él estaba convencido de que era el final, que no iba a sobrevivir a las heridas. Ese día, ante él, me comprometí a hacerlo. Esa fue la última vez que nos vimos…

Se quedaron en silencio después de estas palabras, como si una profunda pena los hubiera envuelto por completo.

La mañana había avanzado y se había llenado de turistas que ya se agolpaban frente a la entrada del Palacio. Una repentina brisa les acercaba el aroma perfumado de los jardines y del susurro del agua corriendo por los laboriosos estanques. Sin embargo, ninguno de los dos, ni ella ni el Sr. Hashimoto, parecían darse cuenta de estos cambios a su alrededor.

20

Nada escapa de la memoria para siempre.

Una palabra evoca una imagen y ésta, a su vez, trae nuevas y de pronto se recupera aquello que creíamos perdido. Lo que, en realidad, nunca fue del todo olvidado.

Así sucedió esa mañana.

En el íntimo silencio de la mesa de café y mientras el Sr. Hashimoto callaba, comenzó a escuchar un piano. Sabía que eso no estaba ocurriendo en realidad, que solo parecía estar sucediendo. Sin embargo, las primeras notas de *Waltz for Debby,* una melodía que su padre solía escuchar por horas, resonaba en ese momento con la misma intensidad que, segundos antes, habían tenido esas otras palabras.

En ese instante, podía volver a oír cada nota del piano, el rasgueo de los dedos en las cuerdas del contrabajo, la caricia afelpada de las escobillas y el toque en el piso, casi imperceptible, del pie de su padre marcando el ritmo de la melodía. Y podía volver a ver una imagen: los dedos de su padre tamborileando sobre la tapa gastada del disco de Bill Evans.

Se había acostumbrado al *jazz* por el solo hecho de necesitar oírlo en las noches, antes de acostarse. Algunas veces, ya en su cuarto, cuando llegaba desde el living el reflejo débil de la lámpara, esperaba el momento en que su padre encendiera el aparato de música. Y se quedaba en su propia cama, acompañándolo secretamente en esa ceremonia sin límite de horas, entendiendo cada nota y cada pausa, vibrando como si ella también fuera un instrumento, sucumbiendo bajo el roce amoroso de la melodía.

21

Susan se dejó acariciar por el recuerdo mientras sus ojos regresaban junto al Sr. Hashimoto. Observó su piel casi sin arrugas y las facciones delicadas; sus ojos negros y profundos. Lo miró tratando de entender. ¿Continuaba él allí, junto a ella?

—Esa carta… —dijo de pronto.

—La tengo conmigo…

—No… —la interrumpió.

Comprendió que no le hablaba a ella.

—Sr. Hashimoto —lo llamó, suavemente.

Parecía no escucharla.

—Sr. Hashimoto —repitió— ¿Qué sucede con la carta?

No contestó enseguida.

—Guardé la carta en ese mismo instante en el que él me la dio con la intención de entregarla ni bien regresara, pero yo tardé mucho en volver…—El Sr. Hashimoto sacó de su bolsillo una cajita—. Si me permite —le dijo mientras tomaba un papel y un poco de tabaco.

—Sí, por supuesto. Siguió el movimiento de los dedos de ese hombre, un gesto que como un arrullo le traía el recuerdo de los de su padre armando también sus propios cigarrillos.

El Sr. Hashimoto se demoró en esa preparación. Tal vez, porque se había detenido en otras imágenes y necesitaba de la pausa nuevamente. Los recuerdos llegaban ante él como pequeñas mariposas que vuelan atraídas por la luz del sol; sus pensamientos giraban, esa mañana, en torno a la carta y a esa mujer que, frente a él, podría ayudarlo, tal vez, a realizar aquello que alguna vez él había prometido a otro hombre.

22

Después de encender su cigarrillo y echarle algunas pitadas, por fin dijo:

—Se nos ha hecho muy tarde y usted va a perder la visita al Palacio Imperial. Volvamos a hacer un paréntesis, si le parece.

Susan miró la hora, era casi el mediodía. Intuyó que el Sr. Hashimoto parecía estar necesitando un descanso; seguramente eran muchos los recuerdos... ¿Estaba dispuesta a seguir esperando para saber más? A su pesar, comprendía que no tendría más opción esa tarde.

Se levantaron para despedirse, pero cuando estiró su mano para saludarlo, el Sr. Hashimoto la retuvo un instante entre las suyas, sin agregar otras palabras ni otros gestos que, tal vez, hubieran sido muy difíciles para él. Después inclinó su cabeza y poniéndose su sombrero, se alejó.

Susan se quedó unos instantes siguiendo el andar de la espalda del hombre, de pronto, levemente inclinada. Luego, ella también comenzó a caminar hacia la entrada del Palacio y enseguida se mezcló entre los grupos de turistas que iniciaban la visita. Aunque lo intentaba, no podía dejar de pensar en la experiencia de unos minutos antes y en su padre.

Después de atravesar la puerta principal al Jardín, se encontró en la explanada imperial y la cruzó, sin detenerse en la sala de artes marciales ni en el museo. El camino en ascenso la llevó hasta el *Shiomizaka*, o "pendiente de las vistas de las mareas", y pronto se encontró en lo alto de la colina desde la cual podía ver los distintos senderos y los pequeños puentes que cruzaban los fosos que protegían las torres del palacio. Un poco más lejos también se alcanzaban a ver algunos de los rascacielos del nuevo Tokio. Los cerezos habían perdido ya su colorido, pero su reflejo en el agua recreaba aún su belleza sin flores.

Caminó pensando en la historia que acababa de escuchar y en el Sr. Hashimoto. Todo lo dicho la involucraba por completo. Le costaba comprender que su padre hubiera sido el protagonista, le costaba reconocerlo como aquel niño que jugaba a ser un soldado, como aquel muchacho profundamente enamorado de Mika, como el joven que luego debió enfrentar una guerra.

¿Qué es lo que había sabido en realidad de su padre?

En muy pocas ocasiones había logrado que hablara de sí mismo. Sabía que había llegado al país una vez finalizada la guerra, pero desconocía que había sido un sobreviviente. Lo sabía agradecido por la vida construída en la nueva patria. Algunas veces, había descubierto en sus ojos una intensa melancolía, pero jamás había exteriorizado ese sentimiento con palabras.

Su padre había levantado su casa, el hogar; trabajó; había progresado y se había enamorado de la que luego sería su madre (¿tal vez porque sus ojos oscuros le hicieron recordar con intensidad a esa otra mujer que había guardado en su memoria?).

Se sentó en uno de los bancos de descanso en lo alto de la colina desde donde veía las murallas del *Honmaru* y del *Ninomaru.* Y en el silencio de las ruinas intentó escuchar con atención, como si esas piedras milenarias escondiesen la respuesta a sus preguntas. ¿Qué es lo que su padre había deseado en realidad? ¿Le habría bastado su nueva vida? ¿Por qué nunca procuró regresar al Japón?

¿A quién le hacía estas preguntas?, ¿a su padre o a sí misma?, pensó mientras sus ojos se cargaban de melancolía, empapados, casi hundidos en una nueva sucesión de recuerdos que encendieron las imágenes de su sueño, la búsqueda de una salida en esa casa de su sueño, en la que se había sentido perdida.

23

Cada vez que podía, su padre hacía un bolso y se escapaba a las sierras, donde había comprado una pequeña finca. Por lo general, le gustaba irse solo; pasaba en ese lugar algunos días y cuando regresaba traía con él, además de miel y dulces caseros, un brillo muy especial en sus ojos, que siempre había despertado su curiosidad. La familia completa se trasladaba a ese mismo lugar para pasar parte del verano, y todos disfrutaban muchísimo, pero ninguno como su padre.

Desde niña, solía acompañarlo en las largas caminatas, que generalmente terminaban en la cima de algún pequeño monte. Allí se sentaban ambos, padre e hija, casi en silencio, a contemplar el valle, quizás por varias horas. Hasta recordaba haberse quedado dormida más de una vez y que, cuando despertaba, además de sorprenderse con la cercanía del cielo, le gustaba descubrir a su padre, sentado muy quieto y erguido sobre la roca más alta que sobre esa cima se pudiera alcanzar.

24

Él hubiera cumplido ese día, noventa y siete años.

25

Él, por algún motivo, nunca había regresado.

26

Regresó al hotel sobre el atardecer cuando ya se encendían en las ventanas las primeras luces que iluminaban la placidez de las mesas listas.

Quizás fuera por eso –por lo que más que ver, imaginaba– y por los últimos recuerdos, que comenzó a sentir una profunda nostalgia. No llegar a ninguna parte, percibir que nadie espera y comprender, asimismo, que esta tierra anhelada le resultaba, al mismo tiempo, también tan extraña

Avanzó desde la estación hacia la avenida guiada por esa melancolía, sin reparar en el camino, sin curiosidad, distraída en ese ir sin rumbo, hasta que llegó a un pequeño bar cercano a su hotel y se sentó en una mesa en la vereda.

A su alrededor, todo era movimiento, cuerpos aglutinados en una marcha compacta, cuerpos que se cruzaban sin tocarse, eludiéndose mutuamente. Cuerpos que se perdían en una misma indefinición de color. Y no obstante la confusión y la multitud, prevalecía el silencio, como si una orden superior hubiera obligado a callar todas las voces.

Se sentó y pidió algo de beber; pronto un mozo le trajo una copa de vino blanco.

En ese momento, un hombre que estaba sentado en una mesa cercana, se puso de pie y se le acercó inclinando su cabeza.

—¿Cómo está? ¿Me recuerda? —le dijo con muchísima amabilidad.

Sorprendida, tardó unos segundos en responderle, aunque lo había reconocido de inmediato, era el mismo hombre que dos días antes la había guiado en el metro para llegar al Templo de Akasusa.

—Sí, claro …

—Imagino que llegó bien la otra mañana.

—Ah, sí ¡gracias! Fue muy amable. ¡Qué coincidencia volver a encontrarnos!

—En realidad, este es mi barrio —le dijo—. Vivo a pocas cuadras de aquí.

Un mozo se les acercó y él le indicó que le trajeran la copa de su mesa mientras se sentaba junto a ella.

—Perdón, ¿puedo?, ¿me permite? —no obstante, el gesto anterior, preguntó.

Enseguida se escuchó el sonido de un chelo.

—¿Reconoce la melodía? —le dijo él—. Quizás si vio la película *Okuribito*...

Creyó que recordaba, pero no estaba segura.

—Fue una película muy significativa para nuestro país. Dirigida por Yojiro Takita, ganó varios premios internacionales, entre ellos el Oscar a mejor película extranjera en 2009. La historia rescata una costumbre tradicional… tal vez de un Japón que se va perdiendo. Se trata del antiguo rito del *nokan*... Pero, ¡perdóneme!, no me he presentado —se interrumpió tendiéndole la mano—, me llamo Tanaka Tatsumori, *Tatsu*.

—Susan —contestó devolviéndole el gesto.

—¿Y qué hace en mi país? ¿Vino por trabajo?

—No, no. Tenía una cuenta pendiente aquí.

—¿Una cuenta pendiente? No entiendo

—Es una manera de decir —sonrió—, es que mi padre era japonés.

—Pero, usted no tiene ningún…, nunca hubiera pensado.

—No, ya sé. Mi madre era occidental y yo no heredé los rasgos orientales.

—¿Y qué es eso de "una cuenta pendiente"?

—Porque necesitaba regresar a este país. Yo necesitaba regresar.

Susan se sorprendió de sus propias palabras. Había dicho regresar, pensó.

Regresa quien alguna vez se fue; sin embargo, le había dicho *que necesitaba regresar.*

27

Compartió otra copa de vino con Tatsu Tanaka y luego la invitación a cenar que él le propuso. Y esas pocas horas compartidas la ayudaron, como si se hubiera despojado de un abrigo innecesario en una tarde de sol, a liberarse de la melancolía de unas horas antes. Al despedirse, Tatsu Tanaka le dio su tarjeta y le hizo prometer que, al volver de Kawanabe, lo llamaría, y luego la acompañó hasta la puerta del hotel.

Por unas horas, se había distraído y casi se había olvidado del Sr. Hashimoto. hasta que se encontró otra vez a solas con la carta.

Y como aquella primera noche, abrió el sobre tratando de interpretar su significado. Ahora sabía algo más sobre ella. Su padre había sido el autor de esos caracteres, por lo tanto esa era su letra.

Emocionada profundamente, tuvo que hacer un esfuerzo para alejar la ansiedad que le provocaba tener entre sus manos aquello que le hablaba tanto de él. Con lentitud, casi temblando, volvió a meter el papel dentro del sobre y poniéndolo a su lado, sobre la almohada, se durmió.

28

La mañana siguiente era la última en Tokio y, hasta cerca del mediodía, deambuló por las salas del Museo Edo-Tokio. Sus ojos parecían mirar las muestras de arte, pero en realidad vagaban, como sus pies, perdidos por los senderos de aquellas otras imágenes que había pintado el relato del Sr. Hashimoto.

Al salir del edificio, caminó hacia el río Sumida y lo fue bordeando hasta llegar al puente Schin-ohashi, donde tomó uno de los barcos de paseo. En silencio, contempló cada una de las orillas de la ciudad, afirmadas sobre las márgenes del río; admiró los jardines y se conmovió con la presencia de los templos enredados entre la vieja arquitectura japonesa. Se bajó cerca de la Torre de Tokio. Comenzaba a disfrutar de esa pausa en su viaje, esa oportunidad de estar a solas para recorrer sin rumbo fijo las calles de Shimbashi, y se distrajo mirando los negocios de diseño. Finalmente, y ya avanzada la tarde, tomó algo en un café de la calle Chuo-dori, cerca del Parque Hibuya y, antes de que cerrara, entró al museo de Arte Idemitsu. No tenía mucho tiempo y solo buscó la sala donde se encontraban las pinturas de Sengai Gibon para sentarse a admirar las tintas sobre el papel, las líneas limpias y sencillas de *El Universo,* la intimidad de sus trazos, la transparencia.

Dejó el museo con la sensación de haber estado navegando en un mar calmo. Sentía en el cuerpo la misma placidez que podría haber recibido bajo el calor de un sol suave y reparador. De regreso, dentro del subte, abrigada por ese sentimiento, disfrutó del silencio del vagón y por un instante supo que estaba donde debía estar.

Por lo menos, pensó, en ese atardecer y a esa hora, ese era su lugar.

Entonces también recordó algo que había escrito muchos años atrás: *Como una niña pequeña, necesito el calor de la misma sangre que me consuele ante su falta.*

Y, en ese momento, comprobó que eso expresado alguna vez había llegado a ser cierto esa tarde.

29

Cuando llegó al hotel, encontró una nota del Sr. Hashimoto. "Sería para mí un honor si me permite acompañarla esta noche" –había escrito–. Y en el reverso, una dirección y la hora de encuentro.

Apenas tuvo tiempo de cambiarse y tomar un taxi. Pronto atravesaba las grandes avenidas, luego, otras calles más angostas iluminadas por la luz tenue de unos faroles rojos.

En la puerta del restaurante, la esperaba el Sr. Hashimoto.

Una vez dentro, los llevaron por un pasillo a una de las salas, una pequeña habitación de color claro, en la que había cuatro mesas bajas y unos almohadones sobre el piso de tatami. Como único mobiliario, contra una de las paredes, un altar de madera oscura.

El Sr. Hashimoto se descalzó antes de entrar a la habitación y Susan hizo lo mismo mientras lo observaba encender una vela y colocarla en una de las bandejas del altar.

El Sr. Hashimoto dijo:

—Este es un *Butsudan,* Susan, el "lugar o casa de Buddhha". La imagen del altar —le explicó— corresponde a Amida Buddhha, que representa la luz y la vida infinita. El cuenco donde ahora colocamos el incienso —agregó señalando un recipiente del altar— es el *hibachi.* Las cenizas bien tamizadas de carbón o de incienso tenían antiguamente tanto valor como el oro, y eran una ofrenda a la divinidad.

Un hombre se les acercó y saludó con una reverencia al Sr. Hashimoto. Les expresó su alegría y agradecimiento por tenerlos allí esa noche y luego los invitó a sentarse y ofreció guiarlos en la elección de la comida.

Susan se acomodó en su almohadón. Una música muy suave sonaba en algún lugar de esa casa.

Otra vez la calma y la paz, y el dejarse llevar por las sensaciones.

Entonces llegaron a su corazón los versos de un poema japonés: *Me quedo ahí sentado y dejo que los días pasen hasta oscurecer...*

30

Hay momentos únicos. Ya lo había experimentado otras veces, y la cena con el Sr. Hashimoto fue uno de ellos. Por eso procuró guardar el sonido de las palabras que se dijeron, y el olor y el sabor de la comida que compartieron.

Quizás no hablaron demasiadas cosas y muchas fueron las que quedaron sin develar, pero así había sido desde el principio con el Sr. Hashimoto.

En algún momento, se animó a confiarle su temor y su ansiedad por llegar al pueblo de su padre.

—¿Temor? —le preguntó.

—Es que Kawanabe no es Kagoshima, ni es Tokio; y quizás no logre hacerme entender.

—Sí, es cierto…, pero ¿temor? No, no lo creo de usted —el Sr. Hashimoto la miró, sus ojos brillaban—. Ya va a encontrar la persona que la ayude a hacerse entender —le dijo con seguridad—. Créame, Susan, ¡la va a encontrar!

Ambos hicieron una pausa mientras le servían un poco más de vino japonés.

—¿Sabe cuál era el nombre original de Kagoshima? —le preguntó—. *Satsuma*, que podría traducirse en algo así como "la tierra de los que abrigan grandes ambiciones y se esfuerzan por alcanzar sus ideales". Kawanabe pertenece a esa misma tierra. Su padre era un *satsuma hayato,* Susan, un hombre de Kagoshima. Un samurái valiente y honesto. Y, no se olvide, usted es su hija.

Se enderezó en su almohadón.

—Por eso, no tengo dudas —continuó—. Va a llegar y va a poder encontrar…

Se quedó callada. No sabía qué responder.

El Sr. Hashimoto luego calló y bajó su cabeza. Entonces Susan lo miró y, como otras veces, volvió a pensar quién era en realidad ese hombre.

¿Habían sido sus raíces las mismas que las de su padre?

¿Era el Sr. Hashimoto también un hijo de Kawanabe?

31

Después de la cena, tomaron té. Un té dulce y aromatizado, que enseguida impregnó con su perfume la habitación.

—Yo debería haber llevado esa carta, Susan, hace muchos años, tal como le prometí a su padre —dijo—. Pero no pude. Después que finalizó la guerra, estuve enfermo mucho tiempo.

Intentó decir algo, pero el Sr. Hashimoto le hizo un gesto con la mano para que le permitiera continuar.

—Fue difícil regresar a Japón, a todos nos costó volver. Fuimos y seguimos siendo un pueblo orgulloso, y no fue sencillo admitir que habíamos sido derrotados.

»Luego de esos días, mis pies me fueron llevando por distintos caminos hasta que, en algún momento, uno de ellos me devolvió a mi tierra. Fue entonces cuando supe que debía cumplir mi promesa. Nunca la había olvidado; sin embargo, el tiempo había pasado… Por eso me alegré cuando supe que usted podía entregarla.

—¿Cómo lo supo? —le preguntó.

—No importa, no tiene importancia ahora. Recuerdo que su padre siempre repetía: "Siempre he sabido que acabaría tomando esta senda, pero ayer no sabía que lo haría hoy".

Me complace saber que finalmente se cumplirá el deseo de mi amigo, me complace infinitamente —repitió el Sr. Hashimoto ya con la voz cansada.

Susan reparó en la emoción y la fatiga del hombre que ahora, sentado frente a ella, con sus piernas cruzadas sobre el almohadón, le traía tantos recuerdos de su propio padre. Y sin medir las consecuencias de su gesto, estiró su mano hasta apoyarla sobre la del Sr. Hashimoto.

O tal vez esa noche creyó hacerlo.

Tal vez creyó que sus manos se tocaban, que su mano se apoyaba sobre la piel anciana. Quizás fue cierto que ocurrió y que él no rechazó el contacto suave de esa otra piel; sin embargo, aun si así no hubiese ocurrido, esa noche esas palabras ya habían completado una parte del círculo dentro de su corazón.

KAWANABE

La Península de Satsuma se sostiene
como una gota de agua que brota de las
tierras de Kyushu

1

Desde el avión, en un último giro antes del aterrizaje, Susan alcanzó a ver la cima del Monte Sakurajima. Luego otra vez llegó el mar y, enseguida, la franja escarpada de la costa de Kagoshima.

Se preparó para el descenso. Sintió el temblor de las turbinas y la opresión en el pecho, tan parecida a la que había experimentado una semana atrás al llegar a Tokio.

Unos minutos antes había recordado una leyenda que contaba que en esta isla se había iniciado la historia de Japón: *Cuando Ninigi, el dios del viento, llegó para gobernar Japón y descendió en el monte Takachiho, en la cadena montañosa del Kirishima.*

Por eso, al pisar el suelo de Kagoshima, respiró profundo como si quisiera inhalar ese dios poderoso que había dado origen a sus raíces.

Enseguida, sintió en el cuerpo la calidez del sol tropical y a sus ojos se develó la columna de humo del volcán, al otro lado de la bahía. El cielo era de un azul intenso y se hundía confundiendo los horizontes en las aguas del Mar de la China.

Una camioneta la esperaba a la salida del aeropuerto. En el trayecto al hotel, pensó en los días por delante en la ciudad. Era difícil modificar lo que ya estaba programado, dependía de otras personas para trasladarse y hacerse entender; y mientras contemplaba la ciudad, se preguntaba cómo sería todavía más allá. ¿Cómo haría para esperar el momento de encarar la ruta que llevaba a Kawanabe?

Entonces murmuró esos versos que, según le había confiado el Sr. Hashimoto, repetía su padre: *Siempre he sabido que acabaría tomando esta senda*....

La senda estaba allí, ya al alcance de sus pies, solo que aún no era la hora para iniciar el camino.

Incluso cuando acomodó el sobre con la carta en su bolso, supo que todavía no había llegado ese momento, pero entonces no lo sabía....

2

Ese día fueron las horas que se sucedieron calmas y plenas, mientras caminaba por los jardines de Sengaku-en, recortados sobre la bahía de Kinko; por el bosque de Shiroyama; o entre las pinturas tradicionales del Museo de Arte de Kagoshima.

De pronto, la ciudad no la sorprendió con la figura omnipresente del Sakurijama y, por la tarde, había aprendido lo suficiente sobre samuráis y batallas legendarias.

Por la noche, solo deseaba seguir su viaje. Casi no podía contener las ganas de continuar y sentada en la costanera, sus ojos se perdieron en el horizonte trazando un camino sobre el mar, tan brillante como la estela que dejaba el último *ferry* sobre las aguas claras de la bahía de Nishikie.

Luego de esa pausa en Kagoshima, que había sido como una transición, ya era hora de emprender el destino final a la tierra de su padre.

3

La camioneta que la buscó por el hotel a la mañana siguiente muy temprano, era amplia y confortable. Se ubicó entre el resto de los pasajeros que la saludaron con un gesto respetuoso, que no ocultaba, sin embargo, la curiosidad que les provocaba su presencia inusual entre ellos.

Pronto dejaron atrás la ciudad de Kagoshima y tomaron la sinuosa ruta hacia el sur de la península, hacia Kawanabe. Las curvas y contracurvas comenzaron a sucederse y, enseguida, sintió el malestar del vaivén y del encierro. Intentó no pensar en eso, dejando que los ojos se le perdieran en el juego de adivinar el nuevo horizonte. Finalmente, estoy en la senda, se dijo para animarse..

A medida que se alejaban de la costa aparecieron los distintos poblados. Algunos se abrían a la ruta, otros se adivinaban entre los valles.

Sobre sus rodillas, llevaba su cartera y, cada tanto, buscaba en ella, acariciando el sobre, la carta. Una corriente cálida le entibiaba las yemas de los dedos y subía hasta su corazón al entrar en contacto con el papel y, de algún modo, con la letra de su padre.

Cerró los ojos, casi adormecida.

Recién los abrió cuando escuchó la voz del conductor y el movimiento de los pasajeros que se preparaban para la llegada.

Finalmente, la camioneta frenó en la estación de Kawanabe. Solo con el roce del suelo, comprendió que era cierto. Ya estaba ahí, en el pueblo de su padre; y con una mano se tocó el corazón. La otra mano, sin darse cuenta, seguía en contacto con el sobre, en un diálogo silencioso, solo de roces, entre el papel y sus dedos.

4

La mañana había madurado clara y profunda en Kawanabe. El cielo, a falta de mar, se había concentrado con obstinación en una tonalidad azul. Observó la avenida principal de la ciudad: una línea recta que se extendía hacia el frente y en la misma proporción hacia atrás.

Los otros pasajeros, en pocos minutos, tomaron sus bolsos y abandonaron el lugar y, entonces, se encontró sola. Una intensa y sorpresiva melancolía, que merodeaba dentro de su corazón desde la llegada al Japón, o quizás desde siempre, subió hasta sus ojos y los inundó de lágrimas.

Y las lágrimas fueron como una caricia sobre su cara porque eran también las lágrimas de otros que habían necesitado de sus ojos para ser lloradas.

Como sus pies al pisar la tierra de su padre, el agua que derramaban sus ojos le confirmaba este regreso.

Su alojamiento quedaba a unos pocos metros. Era una casa de una planta con un jardín en el frente y otro en su interior, al que daban unas pocas habitaciones. Mientras la conducían a su cuarto, escuchó –casi paladeó– el silencio que contrastaba con el rumor sostenido del agua en unas de las fuentes.

Atravesó la recepción y se dejó conducir sintiendo en los pies, libres de calzado desde que había ingresado a la casa, la rugosidad de los tatamis. Avanzó con la sensación de haber pertenecido desde siempre a ese lugar.

Como quien regresa, volvió a escucharse repetir.

Una vez en su habitación, acomodó sus cosas y cuando tuvo todo organizado se sentó en el borde de la cama. Necesitaba asimilar que había llegado, necesitaba una pausa para comprender que era cierto que afuera de esa habitación estaba la ciudad en la que había nacido su padre.

Finalmente, se levantó para salir.

No obstante, cuando estuvo lista, se detuvo un instante más: Ya nada sería como antes a partir de ese día y *de esto se trata*, se dijo mientras sus manos abrían con suavidad la puerta de bambú de su habitación.

5

Pensó que por la vida se transita una sola vez.

Reparó en ese gesto involuntario de apoyar los pies para comenzar la marcha: ese paso que da lugar al siguiente y al otro, y entonces los que siguen y luego los de más tarde. Pensó en cómo algunos caminos se cruzan y otros se continúan; y en aquellas pisadas primigenias que se fundieron en esta misma tierra tan distanciada del rumor del mar. Pisadas que atravesaron las montañas y la profundidad de los valles para encontrarse con las suyas en ese mediodía que coloreaba la belleza de Kawanabe.

Caminó sin rumbo fijo, solo paladeando sus propias sensaciones, sorprendida y emocionada, como una niña extasiada frente a un juguete nuevo.

Tenía una dirección, una vaga referencia que había conseguido antes de iniciar el viaje, de cuál podría haber sido la casa de su padre. Y con bastante dificultad, casi creyendo que sería un imposible, pero siguiendo las indicaciones que –creyó entender– le dieron en la posada, por fin la encontró.

Apenas golpeó la puerta, el sonido quebró la luz del sol sobre la vieja madera. Enseguida, por la abertura, asomó una cabeza blanca. Después una mano arrugada, de infinitos pliegues y venitas azules, se alzó desde el cuerpo menudo de una mujer que terminó de aparecer por completo. La mano se detuvo sobre el pecho como si buscara sostener, en ese gesto indefenso, la curiosidad que le provocaba la visita.

Ninguna de las dos habló, ni Susan ni la anciana.

Sólo se miraron, y un espacio profundo y sin palabras –aquellas que iban a decir, pero que no entenderían– las alejó mucho más que los escasos metros que las separaban.

Los ojos se buscaron; los unos interrogando; los otros, inquietos y confundidos por la presencia de esa mujer que había golpeado a su puerta.

Susan intentó ensayar una explicación: unos pocos sonidos en japonés –eso es lo que le parecía brotaba de su boca– y luego las otras palabras que fluyeron sin sentido, aun sabiendo que a la mujer le era imposible comprenderlas.

Entonces lo advirtió.

Hasta ese momento no había tenido esa vivencia: no conocía esa lengua. Nunca la había aprendido –nunca lo había reparado con tanta intensidad– y tampoco su padre había procurado que la aprendiese. Él no había hecho el intento de enseñarle y, ahora, de pie frente a la anciana, se preguntaba, por vez primera, por qué.

Y como si quisiera disculparse por esa omisión, sólo atinó a inclinar su cabeza ante la mujer, que con la mano aún sobre su pecho y, sin abrir del todo la puerta, solo la miraba.

6

¿Cómo adivinar lo que querían expresar esos ojos claros, cómo entender lo que la anciana quería decirle? Sin dudas, la visita era todo un acontecimiento para ella, algo tan inesperado como descubrir de pronto una flor de cerezo en una mañana de invierno.

Susan esperó, sin embargo; observó como la mujer la miraba, y después escuchó los pasos y otra voz que se acercaba a la puerta. Entonces una joven apareció en el rellano y con sencillez le preguntó –y ya no en japonés– qué necesitaba.

Reconocer las palabras.

Se quedó, en un primer momento, solo con esa impresión, observando a la muchacha como si quisiera asegurarse que era cierto, que finalmente había encontrado con quien entenderse. Después estiró su mano y se presentó. La muchacha le devolvió el saludo y luego la escuchó con atención.

—Usted me está diciendo que ha hecho todo este viaje para conocer el lugar donde vivió su padre —dijo la joven. Su afirmación se asemejaba más a una pregunta.

La muchacha tenía sus manos apoyadas sobre los hombros de la anciana, y cuando Susan asintió, inclinó un poco su cabeza hacia abajo con un gesto suave que le permitiera transmitir lo que estaba pasando. Recién entonces, cuando la anciana comprendió a qué había venido la visitante, abrió la puerta y la invitó a pasar a su casa.

Susan hizo un gesto de agradecimiento antes de cruzar la puerta principal. La emoción le nublaba la vista mientras las seguía. No podía dejar de pensar en que; tal vez, caminaba por la casa que había sido de su padre. La muchacha la observaba con curiosidad.

Las tres mujeres (¿quién pudiera haber imaginado que así ocurriría?, pensaba Susan) atravesaron un patio pequeño y luego una de las puertas de *shoji* hasta llegar a la sala principal, donde la anciana la invitó a tomar asiento y se dispuso a servirle una taza de té.

7

Se sentó. Lo único que Susan podía escuchar en ese momento eran sus propios pensamientos y el sonido de su corazón.

¿Sería esta la casa?, no dejaba de preguntarse mientras miraba con detenimiento lo que la rodeaba. Casi le hubiera gustado que la dejaran a solas para poder deslizar su mano sobre las paredes, para poder seguir experimentando.

La muchacha sentada frente a ella, seguía observándola. Solo cuando se quedó a solas con Susan, se presentó como la primera nieta de la anciana, la Sra. Mori, dueña de la casa. Le contó que vivía en Osaka, donde también residía el resto de su familia y que durante los recesos de la Universidad se turnaba con sus hermanos para acompañar por unos días a la abuela. Finalmente, dijo que se llamaba Ikuko. Tenía veinte años.

Al regresar, la anciana se arrodilló junto a ellas doblando sus piernas en el pequeño almohadón sobre el tatami y luego acomodó sobre la mesa la bandeja de té. Había traído té verde y, por unos segundos, las mujeres se concentraron en el aroma de sus tazas.

La primera en hablar fue Ikuko para preguntarle a Susan cómo podía ayudarla. Cuando le dijo que necesitaba saber quién había vivido antes en esa casa, la muchacha le preguntó a su abuela. Pero la Sra. Mori no recordaba quién podría haber sido el dueño anterior. Ella se había mudado hacía muchos años, con posterioridad a la Guerra. Sin embargo, quizás otras vecinas podían ayudarla, sugirió.

Ikuko se entusiasmó de inmediato con la idea. Como explicaría después, estaba de vacaciones y le atraía la idea de poder ayudar como traductora ante los vecinos, explicarle lo que no entendiera... La muchacha se mostraba ansiosa por colaborar.

Entonces, en ese momento, Susan recordó lo que le había dicho el Sr. Hashimoto: *va a encontrar quien la ayude....* Él había tenido razón: nuevamente surgía en su viaje algo inesperado y misterioso que oficiaba de instrumento en su búsqueda.

El recuerdo del Sr. Hashimoto, el sabor especial del té en esa casa de la que aún no sabía, la confianza que le demostraban las dos mujeres, las muestras de afecto que se prodigaban abuela y nieta, todo lo que ocurría esa tarde la conmovía intensamente.

Al finalizar el té, supo que ya no había mucho más para decirse y comprendió que debía retirarse. Con una prolongada reverencia se despidió de la Sra. Mori y luego de Ikuko prometiéndoles que volvería a verlas al día siguiente para, desde allí, organizar la visita a las vecinas que podían, tal vez, darle alguna información.

—De cualquier manera —le advirtió Ikuko riendo— cuando se corra la voz de lo que está buscando, todas querrán cooperar.

El tiempo que se pasa riendo es tiempo que uno pasa con los dioses, decía un viejo proverbio japonés, recordó Susan al saludar a la muchacha que continuaba observándola con una sonrisa.

Regresó en calma por las calles de Kawanabe. Le pareció adivinar que en una de las casas, una puerta se abría mostrándole la figura de un hombre mirándola desde la distancia, tal vez confundiendo su sombra con las primeras de la noche. Un velo de oscuridad se adueñaba ya de la ciudad de su padre.

8

Por la mañana, al despertar, sus ojos demoraron en reconocer la habitación en la que se encontraba. Una sensación de felicidad le confirmó que estaba en el pueblo de su padre.

Entonces escuchó el murmullo de una voz suave que le trajo de inmediato un recuerdo de la infancia, de otra voz. ¿Era su papá el que pronunciaba esas palabras tan raras?, se había preguntado en ese ayer la niña, confundida porque, aunque lo intentaba, no podía entender lo que su padre decía.

Muchos años después, recostada en esa habitación de Kawanabe, los ojos distraídos en el filo de las maderas que sostenían la pendiente plácida del techo, surgían otra vez los interrogantes:

¿Por qué no había escuchado a su padre hablar en japonés más a menudo?

¿Cómo pudo callar su lengua de origen?

¿Por qué no procuró que ella también la aprendiera?

El sonido de aquella voz, esa mañana, al otro lado de su cuarto, era tan similar al que la había desorientado hacía tantos años. Quizás le había hablado a algún conocido, a alguien que llegaba a visitarlos..., no importaba a quién. Susan comprendía esa mañana –como el día anterior frente a la anciana– que no entendía esa lengua porque su padre no se la había enseñado.

¿Cómo aceptar entonces que no hemos sabido todo sobre la persona que amamos?

Un pasado que no había imaginado sobre su padre había comenzado a develársele al llegar a Japón. Se preguntaba cuánto más llegaría a conocer. Y recordando el sobre con la carta, se preguntó además si sería ella la que le permitiría encontrar las respuestas a lo que aún desconocía.

9

A media mañana se encaminó a la casa de la Sra. Mori.

Unos metros antes de llegar, descubrió a un grupo de mujeres que parecían estar esperándola y que, al verla, comenzaron a codearse con una mezcla de ansiedad y timidez. Observó que la misma Sra. Mori se había preparado para la ocasión. Notó cómo se había recogido el pelo y había puesto algo de color en las mejillas, lo que resaltaba aún más la claridad de sus ojos. Y por detrás de todas ellas, vio la cara sonriente y divertida de Ikuko, que enseguida se adelantó para explicarle:

—Yo se lo advertí... llegaron hace un rato, parece que la abuela hizo el trabajo por nosotras y, ni bien amaneció, recorrió una por una las casas de quienes pensó podrían ayudarla.

Ikuko se reía mientras hacía esta aclaración. Su risa era abierta y brillante, como su pelo negro y lacio que caía en dos bandas a lo largo de la cara. Ikuko tenía la piel blanca y tersa que hacía resaltar aún más sus ojos oscuros.

Susan comprendía la curiosidad que seguramente despertaba en esas mujeres y, por eso, respondió sonriendo, y con el mismo gesto, a los saludos e inclinaciones de cabeza. Luego, la Sra. Mori las invitó a pasar. Como la vez anterior, todas se sentaron en la sala de estar alrededor de la mesa baja; aunque en esta oportunidad la Sra. Mori no preparó té, sino que trajo un jugo de frutas fresco y unas galletitas de avena.

Las mujeres buscaban con sus ojos a Ikuko sin saber cuándo y quién debía empezar a hablar. Ninguna se atrevía a mirar directamente a Susan.

—La Sra. Tanaki-san tiene algo para contarle —dijo la muchacha mientras con un gesto señalaba a la mujer—. Yo le traduciré…

—Gracias, Ikuko.

Entonces, la Sra. Tanaki inclinó su cabeza y se acomodó en su sitio sobre el tatami para empezar a hablar.

10

Observó a la Sra. Tanaki y pensó que, si volviera a encontrarla en alguna calle de Kawanabe, no hubiera sido capaz de distinguirla entre las otras mujeres. Estaba vestida como el resto de sus vecinas con una camisa clara sobre un pantalón amplio. Al entrar a la casa, se había quitado el sombrero que la había protegido del sol y en la puerta había dejado sus *getas* junto a las demás, en una uniformidad que hacía pensar en costumbres más tradicionales y antiguas. Creyó que el Sr. Hashimoto pertenecería sin dudas a este grupo de mujeres, y le alegró saber que su padre, aún influenciado por las nuevas maneras, también se les parecería.

—Espero poder ayudarla, señorita... —comenzó diciendo la Sra. Tanaki. Su voz era tan suave como el deslizarse de una pluma sobre la superficie de un piano. Ikuko, incluso, murmuraba a su lado para asemejarse a esa voz.

Porque era la muchacha a quien Susan escucharía, mientras las palabras que pronunciaba la Sra. Tanaki se transformaban en una melodía de fondo, incomprensible y al mismo tiempo dulcemente bella.

Fue la voz de Ikuko la que escuchó, pero fueron los ojos de la Sra. Tanaki los que ocuparon todo el espacio de esa habitación mientras llegaban los recuerdos de la Gran Guerra. Ojos que hablaban de los días de infancia y de las pérdidas, ojos inundados de lágrimas.

— Solo recuerdo la tristeza de mi madre y el silencio en las calles del pueblo —contó la Sra. Tanaki—. Mis hermanos nunca regresaron como tampoco varios de sus amigos… Su papá, creo que fue uno de ellos… un muchacho alto… Nunca supimos más de él; lo dieron por desaparecido en la guerra.

Cuando se mencionó a su padre, Susan sintió el temblor del cuerpo sobre los tobillos encogidos. Cuando la Sra. Tanaki dijo que su padre había sido uno de aquellos que no volvieron, experimentó como nunca el vacío de la pérdida.

11

La Sra, Tanaki había hecho una pausa luego de estas últimas palabras. La voz de Ikuko resonó unos segundos, como un eco perdido, y luego también calló.

Susan comprendió el silencio de las mujeres y tampoco dijo nada más. Necesitaba la pausa.

Por un instante dejó que los ojos huyeran por una pequeña ventana al patio que separaba esa parte de la casa del frente. Entonces imaginó aquellos días: los pasos leves de las mujeres recorriendo las casas solitarias de hombres, el juego opresivo de los niños desorientados y la tristeza de los ancianos pendientes de esas noticias que, cada tanto, llegarían desde el frente. Imaginó ese pueblo sencillo, procurando sobrevivir sin descuidar los quehaceres cotidianos y las cosechas. La guerra se habría vivido de modo muy distinto en un pueblo como este que, en una ciudad, pensó.

—Alguna de nosotras tuvimos que empezar a trabajar en la fábrica —dijo, de pronto, una de las mujeres.

—Lo peor era por las noches, cuando nos juntábamos en el ayuntamiento a escuchar las noticias, nunca sabíamos la verdad… —recordaba otra.

—Luego de la guerra, hubo que salir adelante. Trabajar para superarnos, dejar atrás la humillación que había provocado la derrota. No había mucho tiempo para hablar sobre los muertos… —agregaba Ikuko. Y a Susan le pareció que esas palabras correspondían más a un pensamiento de la muchacha que a un comentario de las mujeres. Pero ¿cómo saberlo?

Miró a la Sra. Tanaki, que seguía cada comentario con atención. Ella había mencionado a su padre y entonces, cuando las mujeres volvieron a callar, Susan le preguntó si habría algo más que pudiera contarle sobre él. Pero la Sra. Tanaki movió la cabeza dos o tres veces; no recordaba mucho más.

—Ikuko —dijo Susan, luego de un instante— ¿puedes preguntarles si tal vez se acuerdan de una muchacha? Era amiga de mi padre. Se llamaba Mika.

Ikuko tradujo. Entonces las señoras, comenzaron a murmurar entre sí. Susan no podía entenderlas, y solo se dejó envolver por el sonido de las voces. En medio de tanta desolación, fue como disfrutar de una melodía. Miró a su alrededor. Miró esa casa que nada tenía que ver con aquella donde había crecido y que, no obstante, le era tan familiar; como si no existiera división entre lo extranjero y la pertenencia entre estas paredes, en este pueblo tan cercano a su corazón.

La voz de Ikuko interrumpió sus pensamientos.

—Las señoras no están seguras con respecto a quién podría haber sido esa muchacha. Al principio creyeron reconocerla, pero no recuerdan. Usted comprende que puedan confundirse; han pasado muchos años..., me piden que le diga que se sienten muy apenadas por no poder ayudarla más.

No insistió. Era cerca del mediodía y vio que las mujeres se movían inquietas. Tal vez era tarde para ellas. Con un gesto de su cabeza les agradeció mientras Ikuko traducía sus palabras.

No obstante, y ya casi en la salida, hizo un último intento, y le pidió a la Sra. Tanaki si podía indicarle la antigua casa de su padre. La mujer manifestó sorpresa con el pedido. ¿Es que ella no sabía que esa casa no existía más, que allí habían levantado una nueva construcción ?

Solo la Sra. Tanaki e Ikuko fueron testigos de su desilusión al oír estas palabras. ¿Podían, además, entender el profundo significado de ellas?

De pronto todo se había hecho muy confuso para Susan, como si la desaparición de la casa le hubiera despojado de sentido el viaje a Kawanabe. La Sra. Tanaki la miraba con tristeza sin terminar de comprender. Sin embargo, de repente, algo pareció apremiarle. Nerviosa, la vieron buscar sus *gentas*, como apurada por marcharse, para luego regresar sobre sus pasos. Entonces le dijo a Susan con urgencia:

— Quiero que me visite antes de dejar Kawanabe. Prométame que no dejará de hacerlo antes de marcharse.

12

Después de almorzar, salió a caminar por la pequeña ciudad.

Sus pasos la llevaban sin sentido por sus calles. Caminó sin rumbo fijo, tratando de hacerse a la idea de que ya no habría casa paterna para conocer ¿Qué otra cosa podía, en ese lugar, tener valor para ella?

Miró a su alrededor con la pena irremediable de haber llegado tal vez demasiado tarde. Quizás, si hubiera buscado antes..., pensó, como si esa posibilidad consiguiera reparar lo inevitable.

Caminó por las calles, preguntándose si a su padre no le hubiera gustado volver a transitarlas alguna vez. Porque él no lo había hecho. Había preferido construir su presente en otra tierra, alejándose por propia voluntad de su pasado y de su lugar.

Y ahora se encontraba aquí, buscando algo que no podía precisar, intentando saber lo que él había preferido olvidar.

¿Cuál era ese anhelo? ¿Qué era lo que sus manos deseaban tocar con urgencia de caricia perdida? ¿Qué tiempo añorado intentaba apresar?

Ya no había casa paterna.

Entonces, recordó algo que le había contado el Sr. Hashimoto sobre un sitio en el pueblo. Una lomada, había dicho, a la que su padre iba casi siempre cuando necesitaba encontrar un refugio para pensar.

Tal vez ese era el espacio que necesitaba encontrar. Pero hacia dónde ir, se preguntó.

Y casi como si alguien se lo hubiera señalado, descubrió que al fondo de esa misma calle por donde caminaba nacía un sendero que parecía seguir más allá de las casas, en dirección hacia un cerro. Y supo que ese era el camino que la llevaría, casi como si alguien así se lo hubiera indicado, hacia esa lomada.

13

Caminó algunas cuadras más y pronto se encontró con un sendero angosto y húmedo que la llevó hacia el corazón de un bosque.

Recordó otros senderos similares, trechos solitarios que había recorrido en las sierras junto a su padre. Revivió el juego de imaginar sus figuras, puntos imperceptibles, en la esfera del mundo, avanzando por terrenos desconocidos, y la libertad de que nadie pudiera saber en ese momento dónde se encontraban.

La emoción la hizo avanzar con energías.

Cada tanto se detenía a mirar hacia atrás y entonces veía las casas que habían quedado como detenidas más abajo. Porque el sendero se había convertido en una cuesta suave desde la que, poco a poco, se alcanzaban a descubrir nuevos contornos de Kawanabe y la sucesión de techos apretujados en una línea continua y uniforme.

Siguió adelante.

El bosque se había convertido en una mata tupida, pero el sendero la iba conduciendo con cuidado sin que tuviera posibilidad de perderse. Sintió el olor penetrante de los árboles longevos, testigos de huellas –con seguridad las de su padre y el padre de su padre, y de tantos otros anteriores a ellos–, árboles que estuvieron allí desde mucho antes y que luego se abrieron generosos al paso de los hombres mientras extendían sus ramas hacia el cielo.

Y pronto llegó al fin del camino y fue como si hubiera llegado al umbral de una iglesia antigua, solo necesitaba quedarse inmóvil para contemplarla con reverencia. En un gesto instintivo, subió la mano derecha al pecho hasta apoyarla sobre su corazón; el mismo gesto que repetía desde niña cuando algo la emocionaba profundamente, cuando necesitaba encontrar el aliento o la pausa necesaria para poder proseguir.

14

Allí estaba. En el final del camino.

No había nada especial en lo que sus ojos miraban: el lugar era simplemente un claro en donde se deshilachan las últimas raíces del bosque. Sin embargo, algo único ocurría en esa imprevista irrupción de la luz que coloreaba la arenilla y hacía brillar las piedras.

Entonces le pareció escuchar la voz del Sr. Hashimoto contándole sobre la primera experiencia de su padre en esa lomada.

Y supo, ya con certeza, que ese era el lugar por el que había hecho el viaje.

Esa pequeña extensión de tierra era el sitio que le pertenecía ahora a ella, como también le había pertenecido a su padre.

Allí él se había sentado una mañana imaginando el mar, pensando en la guerra y en esa muchacha; allí había logrado que su corazón y sus pensamientos volaran siguiendo la cadencia de los pájaros; el tiempo detenido en ese instante de comunión entre la tierra y el cielo.

En ese lugar.

E incapaz de dar otro paso, también se sentó.

No pudo evitar que sus ojos se nublaran de nostalgia frente a lo que su padre había visto desde esa lomada: el azul intenso del pequeño lago, las pocas casas, la vida de su pueblo allí abajo y el recorrido sinuoso del sendero parcialmente oculto por los árboles. Y lo imaginó descendiendo de ese refugio con los ojos vidriosos; el mismo brillo que le descubriría años más tarde cuando de pequeña lo recibía a su regreso de las sierras.

Se quedó allí sentada, respirando el hondo silencio y la aspereza de la tierra que cada tanto, como la arena de una playa, hacía correr por entre los dedos de su mano.

Quizás se adormeció y cuando abrió los ojos, era como si el tiempo hubiera adquirido otro ritmo.

Tal vez porque el tiempo era ese lugar.

Tal vez porque el tiempo era ella misma, en ese lugar, su pasado y el presente.

15

Mientras hacía el camino de descenso y mientras pensaba que ya nada le quedaba por hacer en esa ciudad, fue que recordó la carta. ¿Qué es lo que haría con ella?

Entonces también recordó la insistencia de la Sra. Tanaki para que la visitara antes de irse y con un presentimiento, más parecido a la intuición, supo que tal vez ella podría ayudarle.

Pensando en eso, apresuró la marcha.

Pronto sus pasos la condujeron nuevamente por las calles y entre las casas que ya no le resultaban tan ajenas. Algunas de las personas de la ciudad la saludaron con respeto al verla pasar y esos gestos le hicieron sentir menos extranjera, más hija de su padre y también le hicieron darse cuenta de que le iba a ser muy difícil, cuando llegara la hora, alejarse de Kawanabe.

16

Necesitaba de la ayuda de Ikuko para visitar a la Sra. Tanaki. Sin ella, le resultaba imposible comunicarse. Por otra parte, imaginaba que la muchacha la estaría esperando.

Y así era, por cierto. Cuando llegó, la encontró junto a su abuela en el frente de la casa, ambas sentadas en unas sillitas a la sombra de un árbol. Ikuko se levantó enseguida al verla ofreciéndole su lugar, que Susan aceptó luego de saludar a la Sra. Mori con una inclinación de cabeza.

Era una tarde hermosa y la ciudad despertaba con lentitud a la continuidad del día. ¡Cómo costaba pensar en tener que marcharse! Y, sin embargo, sabía que tenía que irse, que al día siguiente debía partir.

Aún quedaba algo más por hacer.

—Me gustaría le avises de mi visita a la Sra. Tanaki — le dijo a Ikuko, y la muchacha, luego de explicárselo a su abuela, se marchó casi corriendo, en esa dirección.

Se quedó a solas con la Sra. Mori.

La anciana parecía aún más pequeña a su lado, sus manos entrelazadas pacientemente sobre las piernas menudas.

En silencio, observó sus ojos claros que se mecían con la luz, como las hojas del gran árbol. Miró sus viejas manos arrugadas, manos que descansaban de las tareas cotidianas: los dedos enredados en un tejido aún sin finalizar o pendientes del cuidado de una planta.

Susan aún llevaba en la mirada la emoción del sol sobre las piedras de la lomada y le hubiera gustado, como una niña pequeña a quien pudiera escucharla, contarle de eso. Pero le era imposible, no sabía las palabras.

Entonces, sorpresivamente, la Sra. Mori la tomó de la mano.

Ninguna otra palabra, solo ese gesto y el silencio cargado de nuevas imágenes entre ambas.

Y así las encontró Ikuko cuando regresó. Su abuela y esa señora que venía desde tan lejos, ambas unidas casi en una misma sombra en el frente de la vieja casa.

17

—La Sra. Tanaki-san nos espera en su casa —dijo al llegar. Su voz agitada las sacudió casi como el trueno en una madrugada clara.

Susan se puso de pie, con lentitud, como desperezándose del sopor de una siesta. La Sra. Mori también se paró, pero con mayor energía y la miró. *Adelante,* parecían decirle sus ojos, *¡adelante!*

La casa quedaba a pocas cuadras y en pocos minutos, se encontraron frente a la puerta donde ya las esperaba, con ansiedad, la Sra. Tanaki.

Enseguida las hizo pasar a una sala, similar a la de la Sra. Mori. La Sra. Tanaki las invitó con té que comenzó a preparar con gestos precisos, pero en los que Susan adivinó cierta urgencia, como si deseara por un lado agasajarlas, pero, al mismo tiempo, comenzar a hablar.

Por eso, una vez que terminó de servirles, miró a Ikuko como indicando que ya era el momento y entonces dijo:

—Me siento muy feliz y honrada de tenerla en mi casa. Pero quiero que sepa que desde ayer me siento avergonzada… —hizo una pausa que Susan intuyo era para buscar las palabras exactas—. Mientras compartimos la charla con las otras señoras, lamentaba no poder serle de más utilidad.

Susan intentó, con un gesto de sus manos, restarle importancia a lo dicho, pero esta prosiguió:

—No, por favor, déjeme explicarle. De inmediato, comprendí el significado de este viaje, su deseo de saber sobre su padre y además de conocer donde él había vivido. Lamenté que la casa que usted buscaba ya no existiera y, de algún modo, entendí su desilusión.

»Su llegada ha abierto la puerta a muchas emociones del pasado, imágenes también dolorosas… —la voz de Ikuko se acallaba en las pausas que hacía la Sra. Tanaki—. Cuando usted mencionó ese nombre, Mika, me pareció recordar, pero no estaba segura. Por eso no quise decirle nada más ayer. Deseaba llegar a mi casa y buscar.

La Sra. Tanaki hizo una pausa para tomar un sorbo de té. Sus manos temblaban cuando dejó la taza sobre la mesa y las dirigió hacia un costado de sus piernas.

—Hay algo que quiero mostrarles —dijo entonces, mostrándoles un viejo libro—. Sé que puede parecer una tontería

—continuó—, pero es algo que he conservado hasta ahora. Es tan solo un recuerdo, no sé cómo fue que llegó a mis manos.

Y mientras decía esto, sacaba un papel del viejo libro y se lo entregaba a Susan.

—Creo que puede servirle para encontrar lo que estaba buscando —agregó visiblemente emocionada.

18

Susan sintió que los ojos se le llenaban de lágrimas.

Sin dudas, era mucho más que un pedazo de papel lo que le estaba entregando la Sra. Tanaki. Porque en la hoja antigua estaba pegada una fotografía que mostraba el retrato de una pareja.

Observó al muchacho: alto y flaco, vestido con unos pantalones amplios que lo hacían parecer aún más desgarbado. Comprendió que era su padre y también que nunca antes había visto una foto suya tan joven. A su lado, unos pocos pasos más atrás, una muchacha menuda, casi una niña, apenas miraba, cohibida, hacia la cámara. Con rigidez, ninguno de los dos sonreía o se tocaba y, sin embargo, ambos habían posado juntos para esa toma.

—Seguramente ella es Mika porque ese es su papá —confirmó con voz suave la Sra. Tanaki.

Hablar de su padre, verlo.

Era como la confirmación de ser invitada a una fiesta, tanto le emocionaba lo que estaba ocurriendo.

—Es lo único que tengo, pero seguramente esa muchacha es de quien usted nos preguntaba. Me parece que estuvo muy enferma luego de que los hombres se marcharon al frente. Pero no lo recuerdo... Creo que al poco tiempo de finalizar la guerra, se marchó de Kawanabe y por lo que sé, ya no regresó.

Susan miró a la Sra. Tanaki, primero en silencio, intensamente. Luego y, por primera vez, se atrevió a pronunciar las pocas palabras que sabía, las que manifestaban su agradecimiento en japonés.

Entonces comprendió que debía ser ella, esa mujer, quién podría ayudarla a revelar el contenido de la carta. Y mientras apoyaba la foto sobre la mesa, buscó en su bolso el sobre.

—Ikuko —dijo— debo pedirte que le digas a la Sra. Tanaki que necesito un favor.

19

El atardecer había oscurecido la sala y la Sra. Tanaki le indicó a Ikuko que encendiera la lámpara. Una luz suave iluminó el rostro de las tres mujeres. Las delgadas paredes de bambú parecían abrazarlas con suavidad, uniéndolas aún más en torno a las tazas de té.

La foto apoyada sobre la mesa se había convertido en lo más importante de esa sala y ahora, junto a ella, Susan había apoyado un sobre del que había sacado una carta.

¿Cómo podía transmitirles sobre la experiencia de unos días antes? ¿Cómo contarles de la misteriosa presencia del Sr. Hashimoto y de cada uno de sus encuentros con él en Tokio?

—Yo misma no terminaba de entender si todo lo que ocurría era cierto —intentaba explicar, confiando en que Ikuko tradujera correctamente sus palabras.

La Sra. Tanaki la escuchaba en silencio, asintiendo con la cabeza a medida que iba comprendiendo.

—Si no fuera por el encuentro con el Sr. Hashimoto. yo no hubiera sabido de la existencia de Mika. Claro que hubiera llegado a Kawanabe, como lo había programado desde que pensé en venir al Japón… Pero me hubiera ido sin conocer mucho más acerca de mi padre.

Susan miró la carta sobre la mesa, junto a la foto, como si fueran dos piezas de un rompecabezas que por fin parecían encajar.

—Ese primer día en que nos conocimos —continuó— el Sr. Hashimoto me entregó una carta. No me explicó nada en ese momento, pero luego supe que mi padre la había escrito durante la guerra, antes de ser herido de gravedad. Era una carta para una muchacha.

»Mi padre pensó que no sobreviviría y escribió esa carta para despedirse, se la dio al Sr. Hashimoto para que él la entregara, pero esto no ocurrió —recordó repitiendo a las mujeres la escena de ese primer encuentro en el tren el día de su llegada al Japón—. Esta es la carta. La he tenido conmigo todos estos días sin animarme a averiguar su contenido. Hoy quiero que sea usted, Tanaki-san, quien me ayude a entender su significado.

La Sra. Tanaki inclinó la cabeza y luego estiró su mano para recoger el sobre, con los mismos gestos suaves y a la vez, temblorosos con los que unos minutos antes había servido el té.

20

La Sra. Tanaki comenzó a leer la carta en silencio, solo para sí. La lámpara, que hacía unos instantes había encendido Ikuko, iluminaba su piel blanca y tersa. Sus ojos, concentrados en la lectura, parecían volverse a cada momento, aún más pequeños y rasgados.

La fragilidad del papel de arroz dejaba adivinar a trasluz los trazos de la tinta oscura.

Todo se había aquietado en esa habitación mientras la Sra. Tanaki completaba la lectura. Luego sus manos –todavía sosteniendo el papel– se deslizaron hacia su pecho como si fuera ese espacio, tan próximo también a su regazo, el adecuado para abrigar lo que acababa de saber.

Y en esa posición se quedó concentrada en algún pensamiento, alejada de esa habitación y de esa tarde, mientras Susan e Ikuko la miraban expectantes.

De pronto se levantó y sin decir nada, salió de la habitación. Cuando volvió, traía entre sus manos un libro pequeño. Sin darles ninguna explicación, la vieron buscar en las páginas hasta detenerse, con un golpecito de sus nudillos, en una de las hojas. Entonces, la Sra. Tanaki puso el libro sobre la mesa y junto a él, la carta; y con un dedo recorrió el sendero vertical, de derecha a izquierda, de los caracteres en uno y otro papel, sobre el libro primero y después sobre la carta; y así dos o tres veces más hasta que, finalmente, levantó la vista y las miró.

—Lo que su padre escribió fue un poema, Susan —dijo; los ojos le brillaban—. Un bello y antiguo poema japonés, se los conoce como *waka,* que él intentó recordar de memoria. Eso fue lo que quiso enviarle a Mika. Por eso, fui a buscar el poema, lo reconocí enseguida.

Y la Sra. Tanaki, tomando el libro nuevamente, leyó:

Ochikichi no
Tatsuki no shirami
Yama naka ni
Obotsukanaku mo
Yobukakorikana[1]

---

[1]Ahora cerca, ahora lejos,/ allí en las montañas, /el pájaro gorjea su melodía,/ vacilando./ ¿Podrá ella oír esas notas de amor en el viento? Traducción de Kenneth Rexroth.

21

El brillo de la lámpara acentuó la voz de la Sra. Tanaki mientras recitaba el poema. Atravesando el patio y los árboles centenarios; deslizándose por sus calles, la luz iluminó por completo la noche de Kawanabe. Tal vez pudieran descubrirla quienes, a esa hora, se asomaron a sus ventanas. Quizás llegaran a preguntarse qué es lo que ocurría en esa habitación en la que libres, por fin, alzaban vuelo las palabras.

Susan miró la fotografía. Sus dedos volvieron a detenerse en los rostros de su padre y de Mika.

¿Alcanzaría esa muchacha a oír esas notas de amor que alguna vez se habían lanzado al viento?

Entonces, la Sra. Tanaki se puso de pie. Susan comprendió que había llegado el tiempo de la despedida.

Era tiempo de partir.

Era ya la hora de atravesar las montañas, el gran mar y regresar a sus propias orillas.

Con una sonrisa, también se levantó. Desconocía qué palabras agregar a las que ya se habían dicho, y tampoco si eso era lo que correspondía. Entonces solo se atrevió a extender sus manos, en un gesto inconcluso por no saber cómo continuarlo.

Fue la Sra. Tanaki la que, simplemente, se adelantó para completar el abrazo.

Después, con lentitud, tomó la carta y la volvió a guardar en el sobre, y junto con la fotografía se las entregó explicándole que desde ahora le pertenecían.

—Ambas deben conservarse juntas porque así el destino lo ha previsto —señaló antes de despedirse.

Finalmente las acompañó a la puerta. Desde la distancia, siguieron viéndola, como luego la recordaría Susan, tan parecida a otras mujeres de esa ciudad y, sin embargo, ahora tan diferente.

Susan e Ikuko caminaron sin hablar las pocas cuadras que debían recorrer hacia la casa de la Sra. Mori. Recién al llegar, mientras Susan agradecía a la abuela, Ikuko anotó en un papel su nombre y sus datos de Osaka; y solo cuando Susan prometió escribirle, volvió a sonreír, como lo había hecho siempre.

Regresó al hotel para preparar sus cosas. Por la mañana, muy temprano, saldría hacia Tokio para emprender el largo camino hacia su casa.

22

Regresó despacio, demorando cada paso, como intentando que sus pies marcaran una huella en esas calles de Kawanabe, antes de partir.

Sus manos se aferraban al tesoro de la carta y de la fotografía, mientras los ojos buscaban reconocer en la oscuridad el contorno de la pequeña lomada de su padre.

Cerca, lejos.

Ahí en las montañas.

El viento le acercaba una melodía que ya le pertenecía.

Una historia había sucedido en esas tierras al sur del Japón, en Kagoshima.

En esa tierra a la que ella, por fin sabía, él también había regresado.

www.ingramcontent.com/pod-product-compliance
Lightning Source LLC
La Vergne TN
LVHW090929150826
845672LV00006B/1449
* 9 7 8 9 8 7 8 2 9 7 7 5 0 *